JN053254

「ちょ!?」

ニンも想定していた以上の魔法が来たためか、慌てて結界を強化している。

「わあああぁ!?」

近くにいたルナも、魔法を放った本人も目を見開いている。

……結界の裏側にいたルードもその衝撃に思わず顔を腕で覆う。

「…ふぁ、ファイアボール！」
マニシアは自己暗示をしながら必死に魔法を放った。

最強タンクの迷宮攻略6

INTRODUCTION

魔王の暴走を止めろ!

魔界に向かった**ルード**。
だが、運悪くルードは**アモン**と逸れてしまい、魔界に一人放置されてしまう。
そこで、魔物に襲われている**ジェニー**を見つけ、彼女を助ける。
無事助けることができたルードはジェニーのいる村へと案内してもらい、
そこでしばらくの間生活を送ることになる。
村の問題を解決していると、村近くに現れた魔物を
討伐するために現れた魔王の一人**モー**と出会う。
彼女に気に入られたルードは、彼女の管理する領地へと連れていかれ、
そこで彼女の抱えている問題を解決することと引換に
ブライトクリスタルの場所へと案内してもらうことになる。
モーの問題を解決していく途中、アモンたちの力で魔界へと
来ていた**ニン**、**ルナ**、**マリウス**とも合流し、
全員でブライトクリスタル入手のために魔石鉱へと向かう。
皆の協力で無事ブライトクリスタルを入手したルードたちだったが、
ブライトクリスタルの力にあてられたモーが魔王として暴走してしまう。
ルードたちは彼女を抑え込むため戦闘を開始する。
苦戦を強いられながら、ルードたちは無事モーの暴走を止め、
ブライトクリスタルを持って人間界へと帰還することになる。
ブライトクリスタルを**マニシア**へと使用すると、
彼女の体もすっかり元気になり、無事問題を解決する。

最強タンクの迷宮攻略　6

木嶋隆太

ヒーロー文庫

最強タンクの
迷宮攻略
6

CONTENTS

illustration
さんど

イラスト／さんど
装丁・本文デザイン／5GAS DESIGN STUDIO
校正／吉田桂子（東京出版サービスセンター）
DTP／天満咲江（主婦の友社）

この物語は、小説投稿サイト「小説家になろう」で
発表された同名作品に、書籍化にあたって
大幅に加筆修正を加えたフィクションです。
実在の人物・団体等とは関係ありません。

プロローグ　異変

リービーが起こした問題も無事解決してから数日が経過していた。

今のところ、特に大きな事件もなく……俺はアバンシアでの平穏な日常を過ごしていた。

そんな穏やかな日常……しかし、ここ最近、俺の胸中には一つの懸念事項があった。

街の見回りを終えて家に戻ってくると、食事の用意をしてくれていたマニシアが、笑顔で俺を出迎えてくれた。

「兄さん、朝食できましたよ」

「ああ、ありがとな」

いつも、朝一にアバンシアの様子を見て回る。……夜に酒盛りをしてそのままの冒険者とかがいるからな。

小さな問題はちょこちょこあるのだが、悩みはそこではない。

マニシアの笑顔は本当に癒やされる……。これを見るために、俺は生まれてきたに違いない。

この時間が俺にとって至福なものであることは違いない。

マニシアがいるおかげで、俺の日々も活気づくというものだ。

マニシアとともに料理を作ってくれていたルナが、テーブルに運んでくれる。

俺もそれを手伝いながら、三人で一緒に食事をしていった。

ルナとマニシアでそれぞれ分担をして調理した料理たちは、どれも頬が緩むほどの美味しさなのだが……その間も、俺はマニシアの様子を観察していた。

俺が抱えていた悩みは――マニシアの体調だ。

マニシアの動きが緩慢……というかどこか体の不調を隠すようなものになっていると感じていた。

マニシアも恐らく自覚症状はあるのだろう。しかし、それを俺や他の人たちに気づかれないようにしているように見える。

秘宝によって病気を治療してからというもの、マニシアの体調が悪くなることもなかったのだが……もしかしたら秘宝の効果が切れてしまったのだろうか？

秘宝についても、知らないことが多いため、有効期限のようなものがあるのかどうかも知らないが……このまま悪化していくのを黙って見ているわけにはいかない。

俺が冒険者になった理由は、彼女の体を完治させるためでもあるからだ。

朝食を終えると、マニシアが食器を片づけに向かい、ルナがそれに付き合う。

「私もお手伝いします。マニシア様」

「いえ、大丈夫です。ルナさんはこれから兄さんと一緒に町を見てくるんですよね？　家のことは任せてください」

「しかし……」

心配そうに、ルナはマニシアの顔を覗き込んでいる。マニシアはしかし、笑顔の仮面を顔に張り付ける。

マニシアの異変に気づいているのは俺だけではない。

一緒に暮らしているルナもまた、マニシアの異常には気づいているからか、非常に心配そうだ。

……しかし、マニシアも強情だ。

一度こうと決めると中々譲ることはない。

もう、こうなってしまってはこちらから聞き出すのは難しい。

……ここは、一度引くしかないな。

「ルナ、とりあえず俺たちのクランハウスに行こう」

「マスター……でも……」

「マニシアに任せて、俺たちは俺たちのできることをやらないとな」

……俺の言葉の真意までは、ルナには届いていないようで心配そうにマニシアを見るばかりだ。

そんなルナの背中を、マニシアは押すようにして玄関へと向かわせる。

「ルナさん。いってらっしゃい」

「……はい」

彼女に聞いても、素直に答えてくれないし、休んでいてくれ、と言ってもそれもまたたぶん納得しない。

マニシアはこう見えて頑固なのだ。

マニシアの根本的な部分には、迷惑をかけたくないという気持ちが強くあるからな。

ならば、俺たちのできる方法でマニシアの治療法を探すしかない。

家を出たところで、ルナが俺の隣に並び、口を開いた。

「マスター……マニシア様の体調が最近悪化しているように感じませんか？」

「ルナも、やっぱり感じてたか？」

「当然です、マスター。……私から見てもここ最近はぼーっとしているというか、抜けているところがあるような気がしました。……やはり、また体調が悪化しているんだと思います」

ルナも真剣な表情でそう言ってくれる。

……ルナと俺が気づいているのだから、過保護という言葉で片づけてはいけないだろ

う。

「たぶん、そうなんだろうな。……秘宝でも完全な治療ができたわけじゃないってことなんだろうな」

「ですよね……どうするのですかマスター」

「そのために、これからクランで会議を開く」

「会議、ですか……？」

「ああ、マニシア大会議だ。マニシアの体調不良について、皆に確認したいと思っている。特に秘宝について詳しいだろうアモンやマリウスにもな」

「なるほど……さすがマスター、すでに手を打っていたのですね」

ルナは目を輝かせこちらを見てきて、俺は強く頷(うなず)いた。

マニシアのことで、俺が手を打たないわけがない。

マニシアの体調は、放っておいて治るようなものではない。むしろ悪化してしまう可能性のほうが高いため、先手先手で動く必要がある。

のんびりしていれば、マニシアにもしものことも起きかねないからな。

昔ならあてもなく迷宮攻略をしていくしかなかったが、今はアモンたちがいるからな。

解決策の一つや二つ、出てくるはずだ。

第三十一話　マニシア大会議

クランハウスに俺たちは着いたが、まだ誰もここには来ていないようだ。

念のため、メンバー全員に重大な会議と声をかけておいたんだが……。

まあ、焦っても仕方ない。

俺とルナは深呼吸をする。

……焦っても仕方ない。ただ、こうして何もしない時間があると、やはりマニシアのことを考えてしまう。

クランの皆は……まだか。

いや、落ち着けルード。……落ち着くんだ。

そうは思っても、今この瞬間もマニシアの体が病に侵されていくことを想像すると、落ち着いてなどいられん……っ。

それはルナも同じようで俺の隣に並びながらそわそわとしている様子だ。

数時間にも感じた数分のあと、クランの扉がゆっくりと開いた。

見れば、そこにはニン、マリウス、アモン、グラトの姿があった。

俺のクランの主要メンバーといえばこの四人だ。

一応、ホムンクルスたちもクランメンバーとして数えることはできるが、戦いに参加できる人たちとなれば、やはりこの四人だ。

……まあ、アモンに関してはクランメンバーと数えてもいいのかはちょっと微妙なところではあるが。

「ルード？　いきなりどうしたのよ？　大会議だなんて、珍しいわね」

真っ先に問いかけてきたのはニンだ。

それに続くように、マリウスが笑顔になる。

「いきなり呼ぶということは何かこの村に危険が迫ったんだろう？　戦闘か？　戦いか？　戦か？」

「それはどれも同じだよ。どうしたの、ルード？」

興奮した様子のマリウスを掴(つか)んで止めながら、グラトが問いかける。

……まあ、俺がこうして皆を呼ぶようなことは少ないので、皆どこか興奮というか緊張した様子である。

それぞれが、それぞれらしい反応を見せている中、俺は皆に抱えている問題を伝えた。

「また、マニシアの体調が悪くなってきているような気がするんだ」

俺の言葉に、皆が顔を見合わせる。

……なんだその困惑したような表情は。

まるで、想像していたものと違う、という反応だ。

「……そうなの？　でも、ほとんど完治していたようなものよね？　今の調子はどんな感じなの？」

首を傾げて問いかけてきたニンに、俺はすぐにマニシアの症状を伝えていく。

「……最近は動きとかが緩慢になっていることがあるというか……なんかこう、抜けていることがあるんだよな。たぶん、疲れとかそういうのが関係しているんだと思うけど。もう今にも倒れるんじゃないかと不安で不安で……」

「そうなのです……っ。マニシア様はこのままではきっと死んでしまいます……っ」

「お、落ち着きなさいよあんたたち。……まあ、確かにそう言われるとちょっと思い当たる節もあるわよね。また体が弱くなっているとかそういうのもあるの？」

「……まだ、そこまではない感じだけど、放っておいたらまた昔みたいになりそうでな。……それで、ちょっと聞きたいと思ってな。マリウスとアモン、それとグラトはヴァサゴの記憶とかで何かこう、秘宝に関しての情報があったら教えてほしいんだけど……」

「秘宝？」

グラトが首を傾げた後、腕を組む。それから何か記憶でも漁っていたのか、納得したような声を上げる。

「もしかして、ブライトクリスタルのこと？」

「……なんだそれは？」

グラトは納得した様子だったが、逆にこちらは疑問が浮かんできてしまった。そんな名称のアイテムを聞いたことはない。

しかし、それまで黙っていたアモンが扇子をすっと開き、少し楽しげな様子で話し出す。

「おぬしたち人間が話している秘宝の正式名称じゃよ」

……アモンめ。

「知っていたのなら教えてくれてもいいじゃないか」

「別に名称なんかどうでもいいじゃろう。問題は効果じゃないかえ？」

「それはそうだが……ブライトクリスタルが正式名称なんだな？」

「そうじゃよ」

「そのブライトクリスタルでマニシアの治療をしていたんだけど……また悪化しているみたいなんだ。秘宝は、願いを叶えるものなんじゃないのか？」

俺は確実に願っていた。

マニシアの病を治療することを。

……願い方が悪かったのか？

例えば、完全に病をなくす……とかそういう願い方をしなければならなかったのか？

そんなことを考えていると、アモンは首を横に振った。

「ブライトクリスタルをなぜそこまで欲するのかと疑問に思っておったが……ブライトクリスタル自体はどんな願いも叶える、なんてほど万能なものじゃないぞよ？」

「……でも、実際マニシアの病気は治ってたぞ？」

最近までは調子の悪い様子はなかった。

特に、ブライトクリスタルを使用した直後などは最高……とまではいかなくてもかなり調子は良かった。

だが、俺の考えを否定するようにアモンは首を横に振った。

「治っていたのではなく、少し改善していただけじゃろう」

「……それは――」

確かに、そうだ。

アモンの言う通り完治まではしていなかった。

……それでも、確実に改善の方向へと向かっていたと思っていたんだけどな。

アモンの口ぶりからして、完治できるような代物じゃないのだろうか。

「それじゃあ、ブライトクリスタルは何ができるんだ？」

願いを叶える秘宝じゃないなら、なんなのか。

俺が何も知らなかったそれについて問いかけると、アモンは扇子を開いては閉じてを繰り返し、ゆっくりと歩いていく。

「ブライトクリスタルは少しだけ肉体を強化するための魔石じゃ。あれは万能な奇跡、とまでは言わぬの」

「……そう、なのか？　……肉体を強化する？　願いを叶えるわけじゃないのか？」

俺たち人間が聞いている話は、秘宝を手に入れた者はどんな願いも叶うというものだった。

……確かに、使用してみても思ったよりも効果は微妙だな、とかは思っていた。

でも、それはマニシアの体を蝕む病が酷いからと勝手に納得していたが、違うのか？

アモンは少し考えるように腕を組み、それからぽつりと話し出す。

「どうして願いを叶える秘宝、なんて言い方をされるようになったのかはあくまでわしの予想じゃが……恐らく、かつて迷宮を作っていた魔王からブライトクリスタルを奪った冒険者が強くなって、それでなんでも手に入れられる力を持ったことが拡大解釈されたのではないかの？」

「そんな……まさか」

「例えば、今の倍の力をつけた人間が、冒険者として大成したとしよう。……そうしたら、恐らくじゃが秘宝のおかげ、とはならんかの？」

「……それは、そうだけど」

アモンの話した内容に関して、情景が目の前に浮かんできていた。

……彼女が言うように力のある冒険者は金や権力を手に入れることが可能だ。

もともとそれなりに強い冒険者がブライトクリスタルの力でさらに強化されていたとしたら、確かに伝説の冒険者として有名になるよな。

それが、秘宝の伝説になったのか……？

「少なくとも、昔の時代ではブライトクリスタルはわりと多くの魔族や魔人が所有していたからの。ちょっと腕に自信のある冒険者ならば入手することは珍しくはないはずじゃ」

「それなら、俺もまた手に入れられるのか!?」

マニシアを助けられる。アモンに一歩近づくと、彼女は扇子の先をこちらに向けて俺を止めてくる。

「一昔前なら、と言ったじゃろう？　まったく、妹のことになるとどうにも落ち着きが足らぬの」

「アモンは……妹とか大切な人はいないのか？」

「いないのー。だから全くわからないんじゃ」

「……じゃあ、大切に保存していたお菓子を目の前でマリウスに食われそうになったらどんな気持ちだ？」

「ぶっ殺すんじゃ」

想像以上に過激だ。

「急いで止めようとするだろ？　食われる前に止めなければって焦りもあるだろ？　俺のマニシアを思う気持ちはそんな感じだ」

「……なるほど。それは確かに冷静さを失うかもしれぬの」

「気持ち、わかってくれたか？」

「うむ。まあ、多少はの」

それは良かった。

俺が安堵していると、ニンがジト目でこちらを見てくる。

「あんたたちね……話逸れてるわよ」

「そうじゃな。それで話を戻すんじゃが……ブライトクリスタルは今はもう手に入れるのは難しい代物になってしまったんじゃよ」

「……どうしてだ？」

「魔界にはブライトクリスタルを獲得できるネイス魔石鉱という場所があるんじゃよ。良質なものから悪質なものまで、所有者に益だけでなく害を与えるものまで様々じゃが……今はそこへの入鉱自体が禁止されておるんじゃ」

「禁止か」

「理由がいくつかあっての……一つがブライトクリスタルを持った者が意外にも人間にやられて取られて、人間をパワーアップするだけのことが多いからじゃ。無意味に力をつけられてしまっては色々と面倒なこともあるからの」

「まあ……あんまり人間のことを好きじゃない奴もいるんだな」

今のところ友好的、というかあまり興味を持っていないような人たちとしか出会っていないので、少し意外だ。

「まあ、そういう勢力が多少いるのも事実じゃ。そして、もう一つ。単純に魔石鉱に強力な魔物が出現するようになっての。魔王格以上でないと立ち入りが禁止されるようになったんじゃ」

「……魔王格、か。だからアモンも持っていたってことか……ってことは、他の魔王も持っているのか？」

だとすれば、まだグラト……というよりもヴァサゴからは手に入れていないので、もしかしたらそれでマニシアの治療ができるかもしれない。

そんな期待とともにグラトのほうに視線を向けていると、アモンが続けて話す。

「必ずしもそういうわけでもないんじゃ。ブライトクリスタルは所有者を選ぶというか……まあ、つまり選ばれないこともあるというわけじゃ。リービーはまだ魔石鉱にそもそも行ってはいないじゃろうし、たぶん持ってはおらんの」

最近魔王になったリービーは確かに、危険な魔石鉱に取りには行ってなさそうだ。

……期待するようにグラトを見るが、彼も首を横に振った。

「ヴァサゴも持ってないみたいだね。魔石鉱に行ったことはあるみたいだけど、見つけられなかったって」

「まあ、奴はがさつじゃからの。わしのようなおしとやかで、プリティーで丁寧な魔王しかブライトクリスタルに認められないんじゃよ」

アモンが可愛らしくポーズをとっていたが、それは見なかったことに、内容も聞かなかったことにして。

「……マリウスは別に魔王ってわけでもないのに持っていたんだよな？　どうしてだ？」

一つ生まれた疑問はそこだ。

……まだ規制される前に入手していたとかだろうか？

アモンもそうだが、魔族や魔人はどうも年齢に関しては見た目があてにならない。

これで、アモンはマリウス曰く「ババア」らしいから、見た目以上のこともあるようだからな。

「なんじゃルード？」

……俺はすぐに顔をそらし、マリウスを見ると彼は自信に溢れた様子で腕を組んだ。

「オレか？　オレはたぶん、ブライトクリスタルがオレの力に惚れたんじゃないか？」

「どこかから盗んできたんじゃろ」

「そんなことはないぞ！　道端に落ちていたのを拾ったんだ！」

「……それはそれで問題じゃない？」

ニンが苦笑しながらツッコミを入れる。

盗賊扱いされたマリウスがアモンに文句を垂れているが、アモンは耳を塞いでいる。

とりあえず……ブライトクリスタルを手に入れるための方法自体はわかった。

ただ、やはり疑問は残る。

それはマニシアの治療法にブライトクリスタルがどのようにして関わっているのかだ。

「……というかブライトクリスタルはルードが自分に使ったものじゃとばかりに思っていたが……なるほど。マニシアと半分ずつ使用していた、というわけかの」

「どういうことだ？」

「あれは所有者を選ぶと言ったじゃろ？　ブライトクリスタルごとに個性もあり、これと断言はできんが、多くはより強い所有者を求めるんじゃ。だから、おぬしがブライトクリスタルに選ばれ、それで使用した。そしてその際にマニシアに使用しようとして影響を受けた、ということなんじゃろうな」

「つまり、俺はマニシアに使ったつもりだったけど、実際は違う……ってことか」

「そうじゃな」

……俺も半分使用していたのか。

確かに、ここ最近は一人で魔物と張り合えるくらいの力を身につけていたのだが、まさかそんな副次的効果もあったなんてな。

俺のことはひとまずどうでもいい。

まずはマニシアだ。

「それじゃあ、やっぱりマニシアの病気は完治できていたわけじゃないんだな……」

「そうじゃ。……マニシアは魔力増幅病じゃしな」

「……知っているのか？　もしかして、治療法とかもわかるのか？」

「わー！　揺らすな、脳が揺れるんじゃ！」

アモンが期待させるようなことを言ったため、俺は思わず彼女の肩を掴(つか)んでしまった。

悲鳴を上げる彼女から手を離すと、警戒するように扇子をこちらへ向けてくる。

アモンは扇子をぶんぶんと何度か牽制(けんせい)するように振りながら、声を上げる。

「正しい治療法は確立されておらぬが、確かにブライトクリスタルで溢(あふ)れる魔力に耐えられるだけの肉体に強化すれば、問題はないからの。一応、治療したかのようには見えるはずじゃ」

「でも、今もまた悪化しているだろ？」

「そりゃあそうじゃ。魔力は時間経過で再び増加していき、また体が耐えきれなくなる……という可能性はあるがの」

「つまり、強化された肉体でも処理できないくらいにまで、また魔力が増幅してしまったってことだよな」

「そうなるのじゃ」

……魔力増幅病。

マニシアの体をいくらブライトクリスタルで強化しても、結局いずれは耐えきれなくなってしまう。

それでは、どんなに治療したとしても、マニシアの体は一生あのまま完治することはないということなのだろうか。

「……それじゃあ、どうやっても治らない、のか」

マニシアの元気になる姿を夢見ていたのに、それは叶わないというのか。

そんな絶望的な考えが浮かんだときだった。

「一つだけブライトクリスタルに頼らなくてもいい解決方法もあるんじゃよ」

「なんだと⁉」

「ぎゃあ、来るんじゃないルード！」

威嚇するようにこちらを睨(にら)みながら、扇子の先を向けてくる。

……よほどさっき揺すられたのが嫌だったようだ。

俺は一度深呼吸をして自分を落ち着かせながら、改めてアモンに問いかける。

「わ、悪い……それで、どうすればマニシアの体は治るんだ？」

「魔力を多く使うような戦いを行い続けることじゃな。要は、体内で増えてしまった魔力をすぐに放出できるような環境、また放出できるような技術を身につけさせる必要があるということじゃ」

……マニシアが、戦い続ける。

彼女の戦闘している姿を想像し、俺は体が震えてしまう。

マニシアに、万が一のことがあったらどうするつもりだ……！

「……それは、危険じゃないか？　冒険者として戦い続けるってことだよな」

……マニシアの体は過剰すぎる魔力に蝕（むしば）まれている影響もあるのだろうが、あまり頑丈ではない。

そんな状態で前線に出るようなことがあれば……一体どれほどの傷を負ってしまうことになるのか。

考えただけでも恐ろしい光景が浮かんでしまう。

絶対無理！　駄目だ！

「それは危険です……駄目です！」

「ルナの言う通りだ」

俺とルナがこくこくと頷いていると、アモンは呆れたように息を吐く。

「危険はもちろんあるじゃろうな。じゃが、体の魔力を常に外に出し続けることで自分の魔力に体を蝕まれることが少なくなるんじゃ」

「それは、そうだが……」

「もちろん、荒業ではあるが魔界で発症した人たちは常に魔力を垂れ流し状態にすることで解決自体は可能じゃ。戦うとまではいかずとも、魔力に対しての理解を深め、魔法の技術を身につけておけば今よりは症状を和らげることもできるはずじゃぞ？」

「……」

魔法、か。

マニシアは体が弱いため、そもそもそんな考えは浮かびもしなかった。

だけど、逆、なのだろうか？

マニシアには病気の影響もあって魔力がかなりある。それを制御できるようになれば……彼女はむしろ優秀な冒険者として成功することもできるのだろうか？

「実際わしもそうやって改善したという話は聞いておるからの。決して不可能ではないと思うんじゃがな」

「だとしても……滅茶苦茶不安だ」

「まったく、シスコンじゃのー。安心せい。幸い、ブライトクリスタルの影響もあってマニシアの肉体はそこらの人間よりもずっと頑丈じゃ。それに、それが一番マニシアの身を守れると同時にクランの戦力も上がる。マニシア自身も自衛できるようになるし……いいことずくめではないかえ？」

そう言われると、確かにメリットはかなり多い。

「……確かに、それはそうかもしれないがな……心配だ！」

「そ、そうですよアモン様。マニシア様が戦うなんて心配です！」

俺とルナは同じように慌てていた。

そんな様子を見てか、集まった人たちは呆れたように視線を合わせている。

代表するようにニンが口を開いた。

「仮によルード。マニシアが魔法の扱いに慣れたとして、冒険者として活動できるようになったら……一緒に冒険できるわよ？　ってことはどうなるかわかる？」

「……マニシアの笑顔をいつでも見られるってことか？」

「違うわよ。あんたがタンクのパーティーに参加するってことよ？　それって危険なの？」

「……それは――」

「心配ってことは、それはつまりあんたがタンクとして守り切れなかったってことになるんじゃない？　あんた、そんな情けないタンクのままでいるつもりなの？」

ニンがからかいと挑発を混ぜたような声音でそう言ってきた。

俺がいるパーティーに、マニシアが入る、か。

……確かに、そうだよな。

マニシアがよほど俺と一緒にパーティーを組むのが嫌だと言わない限り、たぶん一緒に行動することになるだろう。

そうなれば、もちろんそのパーティーでのタンクは俺になる。

俺が、マニシアを……いやまあ皆を守り切れれば、別に何も問題はないよな。

それに、アモンの言っている通り、うまく魔力の制御ができるようになって体調も安定すれば、すべてがうまく行く。

多く準備できるわけではないブライトクリスタルに頼る必要もない……。

マニシアは体調が良くなり、おまけに戦えるだけの力も手に入る。

俺としても、安心できるようになる。

……そうだな。

もっと前向きに考えないと駄目だな。

マニシアのことになると、最悪の想定ばかりをしてしまうな。

「わかった……マニシアには、魔法の訓練に関して相談してみよう。……それとは別にだ。ブライトクリスタルについても手に入れられるのなら欲しいし……魔石鉱に行ってみるとかは……可能か？」

アモンは少し表情を険しくしながらも、ゆっくりと頷いた。

「もちろんじゃ。魔石鉱に行けば手に入れられるかもしれぬが……今のあそこはかなり難易度が高い迷宮のようなものじゃぞ？」

「だとしても、ブライトクリスタルを手に入れられるなら、入手しておきたいからな」

……マニシアの魔法訓練が順調にいくとも限らない。

その間に体調が悪化してしまったとき、ブライトクリスタルがあればまた最悪の状態になるまでを遅延させられるはずだ。

ただ、アモンの表情はあまりよくない。それほどまでに危険な場所なのか……？

「……まあ、全員で行けばなんとかなるかの。そちらに関してはわしが魔界への門を開く準備をしておくんじゃよ」

「わかった……魔界にはすぐには行けないのか？」

「そうじゃの。魔界と人間界は……まあ、凄い簡単に言うと近づいたり離れたりするんじゃ。この前はわりと近づいていたんじゃが、今は離れていての。離れているときに門を作ると色々と大変というか、問題が発生するから……時期が来たときに開けるんじゃよ」

なるほどな。

なら、前回アモンが魔界に戻っていたときにこの話を聞けていれば、様子を見てきてもらうこともできたかもしれない。

　いや、嘆いていても仕方ない。

「了解だ。まあ、そっちはアモンにお願いするとして……」

「いやいや。魔王と同行すればおぬしたちも入れるからの。わし一人であんな危険地帯に行きたくないんじゃよ。疲れるんじゃよ……」

「……わかった。同行って形なら入っても問題ないんだな？　……それって人間でも大丈夫なのか？」

「問題ないんじゃよ。わしの下僕、ということにしておけばの」

　アモンが冗談めかして言うと、真っ先にマリウスが拒否反応を示した。

「こいつの下僕は嫌だぞ、オレ」

「頼むマリウス。あくまで肩書きだけだから……」

「……むぅ」

「強い魔物とも戦えるみたいだぞ？」

「……まあ、むぅ……仕方ない。受け入れよう」

　マリウスは渋っていたが、魔物と戦えるとなれば話は別みたいだ。

　彼がいるといないとでは戦力に大きな差が出るからな……。

「とりあえず、方向性は決まったわね。アモンが魔界に繋がる門を開くまでは、マニシアの魔法訓練ってことで。それじゃあ早速ルードの家に行くわよ」

「ああ、頼む」

「それじゃあ、僕もいたほうがいいかな？　暴走した魔法とか吸収できるし」

「……頼む」

こういうとき、グラトの魔法吸収は便利だな。

マニシア大会議は、思っていた以上にうまくまとまってくれ、俺たちはクランハウスを後にした。

第三十二話　新たな力

クランで決まったマニシアの訓練について話をするため、一度家へと戻る。

自宅へと戻ると、マニシアは部屋の椅子に座っていた。

こちらに気づくと彼女は軽く首を傾げる。

「皆さん揃ってどうされたんですか？」

先ほど打ち合わせをした皆で押し寄せたのだから、マニシアとしても疑問符が浮かぶのは当然だ。

どうやって切り出そうかと悩んだが、考え込んでも仕方ないよな。

「最近、体調が少し悪化しているよな」

俺の問いかけに、マニシアは痛いところを突かれたという表情で一度視線を外した。

それから、誤魔化されてしまうのではないか、と思っていたのだが、彼女はゆっくりと頷いた。

「……それは……そう、ですね。申し訳ありません。心配をかけてしまって」

「いや、気にしないでくれ」

さすがに俺たち全員の目がある中では否定しづらかったようだ。

……ここで否定されてしまうと、まずは認めてもらうところから話し合わなければならなかったので、一歩前進して良かった。

これならスムーズに話し合いができるはずだ。

「そこで……ちょっと皆にどうにかできないかって意見を聞いたんだ。そうしたら、アモンが解決策を提示してくれてな」

「解決策、ですか？」

「そうだ、アモン。説明をお願いしてもいいか？」

「任せるんじゃよ」

俺の言葉に合わせ、アモンが一歩前に出て、扇子を開く。

それから彼女はマニシアのほうへ近づき、じっと観察するように体を見ていた。

「やはり魔力が体から溢(あふ)れ出しておるな。マニシアよ。おぬしの病の原因は、魔力を異常に溜め込んでしまうことだとは理解しておるか？」

「……それは、なんとなくですが」

「つまりじゃ、魔力を少しでも外に排出することができれば、多少は……いや、かなり解決するはずじゃ」

理論的にはそうだろう。

ただ、そう簡単な問題でもないため、マニシアの表情は少し険しくなってしまう。

「それは……そうかもしれませんが。私はあまり体が頑丈ではなく、魔法を使用するのでさえも体が耐えられるかどうか……」

……そうなんだよな。

そこが特に不安だったのだが、アモンはあっけらかんとした様子で口を開く。

「ブライトクリスタルを使用してから、魔法を使ってみようとはしたかの？」

「ブライトクリスタル、ですか？」

「秘宝のことじゃ。ルードがおぬしの体調不良を治すために使ったことがあったじゃろう？　あれの正式名称じゃ」

「は、はい……わかります。秘宝を使って以降、ですか……簡単な生活魔法程度であれば使用していましたが、それ以外は特には」

「なるほどのぉ。つまり、魔物を倒せるような攻撃魔法は使ったことはないんじゃな？」

「それは、使用していません」

「それならば、以前とは変わっているはずじゃ。ブライトクリスタルによって肉体が強化されているんじゃ。だから、前より魔法を使用するのに苦労することはないはずじゃ」

「そう、なのでしょうか？」

マニシアはどこか不安そうにアモンを見ている。

……少しでも威力の高い魔法を使おうとしたことは、マニシアもあった。

魔法が使えれば俺の助けになるのではないか、と健気なマニシアが使ったのだが……その結果、咳き込んでしまった。

それ以降、生活魔法程度の魔法しか使わせていなかったため、こちらとしてもとてもとても不安である。

「そうじゃよ。試しに使ってみるといいんじゃ」

本当に、大丈夫なんだろうな？

アモンを信じるしかないのだが、マニシアの視線がちらちらとこちらを見てくる。

「……た、試しに……。攻撃魔法を、ですよね？」

「そうじゃ。おっと、わしには撃つんじゃないぞよ。こっちじゃ！　グラトなら吸収してくれるからいくらでも撃ってよいからの！」

アモンはささっとグラトの後ろに隠れ、グラトは苦笑を浮かべる。

「僕も無限に吸収できるわけじゃないんだけど……とりあえず、こっちは準備できてるから任せて」

「あの、兄さん……大丈夫なのでしょうか？」

「……大丈夫、だと思う」

アモンだって、今は仲間のような立場であり適当な嘘をつくとは思えなかった。

「そうですか。では、魔法を使用するのであれば外に出る必要がありますよね」

不安そうにしながらも、マニシアは小さく頷（うなず）いて椅子から立ち上がる。

「大丈夫かマニシア⁉　お兄ちゃんが運ぼうか⁉」

「……大丈夫ですから。そこまで心配しないでください」

苦笑を浮かべるマニシアだったが、俺もルナも心配であった。

それでもマニシアは家の外まで歩いていく。俺もルナも、マニシアがそこまで歩いていこうとする姿に、感動して涙を流しそうだった。

マニシアとグラトが向かい合うようにして立つ。

「僕はいつでも大丈夫だから、好きなタイミングで撃ってきてね」

「は、はい……！」

グラトも準備完了といった様子で構えている。

……マニシアの魔法か。

生活魔法以上のものを使っているところは一度も見たことないんだよな。

……そもそも、使えるのだろうか？

皆が見守る中……マニシアはじっとそちらを見てから、困ったような顔をこちらに向けてきた。

「あ、あのー……兄さん。すみません、攻撃魔法ってどうやって使うんですか？」

「やっぱり……そうだよな」

「わ、わかっていたのなら先に教えてください……っ」

皆に注目され、マニシアは照れくさそうに赤くした頬を膨らませる。

「いや、悪かった。魔法は…………ルナ、教えてあげてくれないか？」

「はい。任せてください。えーとですね。まずは、得意な属性魔法を見極めるところからですけど……あっ、私が『鑑定』で判断していきますね」

そこからルナがマニシアに魔法を教えていく。

そういえば、ルナがマニシアに何かを教えるのって初めてかもしれない。

なんだか珍しい光景だ。

「……そういえばルナって『鑑定』持ってるんだっけ」

俺の隣に来たニンがこそこそと話しかけてくる。

「ああ。得意魔法の属性とかもはっきりわかるみたいだな」

「便利ね。あたしとかは実際に使ってみて、使いやすさで判断してたけど……今度改めてルナに見てもらいましょうか」

……俺たちの得意な魔法の判別に関しては、そんな感じだ。

皆一応ほとんどすべての属性の才能自体は持っているが、それを攻撃魔法などの形にできるのは一握りだ。

それとは別に、スキルによって使えるようになる魔法もあり、例えばニンの回復魔法などはそうだ。

……まあ、ルナは回復魔法も魔法陣を見れば再現できるみたいだけど。

「それも、いいかもしれないな」

「『鑑定』ってギャンブルとかの当たりとかはわかったりしないもんなのかしらね？」

「何に使おうとしてんだよ」

「そうしたら、ほら。勝ち放題じゃない」

「……まあ、それ含めてルナに聞いてみたらどうだ？」

ルナも自分のスキルや能力を頼ってもらえれば、嬉しい部分もあるだろう。

……まあ、使い道に関しては少々問題あるかもしれないが。

そんなルナの指導を受けたマニシアは、

「じゅ、準備できました」

俺たちを見てからそう声を上げる。

「……念のため、確認するけどルナ。マニシアの得意属性はなんだ？」

「火魔法ですね。あっ、家とかは大丈夫なようになるべく弱めの攻撃魔法の使い方を教えましたので、大丈夫だと思います」

ルナがぐっと親指を立て、胸を張っている。

けど。

……いや、その後ろで魔法の準備を終えたマニシアの表情はとても鬼気迫るものなんだ

とても大丈夫そうには見えない。それを見たニンがすかさず魔法の準備をしていく。

「あたしが一応結界張っておくわね」

「……ああ、頼む」

ニンが俺たちを守るように魔法を展開すると、一人グラトだけが取り残される。

「あの、僕も巻き込まれないようにはできないかな？」

「グラトは吸収するんでしょ？　頑張りなさい」

「ルード、僕の扱い雑じゃない？」

「大丈夫だ。信じてるからな」

「いいように使われているよね、僕」

むーっとグラトは頬を膨らませながら、マニシアと向かい合った。

「さて……どれほどの魔法を撃つか見ものじゃな」

「ルードの妹だし、それなりのものを撃つんじゃないか？」

……マリウス。万が一強い魔法が使えるとわかっても戦いを挑みに行くんじゃないぞ？

アモンもマリウスも楽しそうに眺めているが、俺はまだ不安が先行していた。

問題なく魔法が使えますように……。

そして、マニシアはじっとグラトを見てから、ぶつぶつと呟くように言う。

「……生活魔法の延長、生活魔法の延長……ふぁ、ファイアボール！」

マニシアは自己暗示をしながら必死に魔法を放った。カワイイ声から放たれたのは――

爆炎だった。

「わあああああ!?」

近くにいたルナは驚愕した様子で目を見開き、魔法を放った本人も目を見開いている。

……結界の裏側にいた俺もその衝撃に思わず顔を腕で覆う。

「ちょ!?」

ニンも想定していた以上の魔法が来たためか、慌てて結界を強化している。

だ、大丈夫か家は？　何よりマニシアは!?

腕の隙間から心配して見てみると、マニシアは大丈夫だ。それならひとまず安心だ。

家は……ニンが結界で完全に覆っているので問題ない。

そして、グラトは……。

「……これ、かなり強い魔法だね」

グラトも頬を引きつらせながら、魔法を受け切っていた。

……問題、なさそうだな。

「いい魔法もらったよ」

グラトはぶいっとピースサインを作り、魔法を発動したマニシアは驚いたように自分の手を見ていた。

「……こ、これ、私の魔法ですか？」

「そうじゃ。それがおぬしの魔法じゃ。どうじゃ？　体も丈夫になって、問題なく魔法を使えるようになっているじゃろう？」

「……は、はい」

何やらアモンがすべて指導していましたとばかりに出てきていたが、俺は今だ目を見開いて固まっているルナを現実に戻すように肩を叩く。

「それでどうじゃ？　体調のほうは」

「……魔法を使った瞬間、少し体が軽くなりましたね」

「じゃろう？　ルード、やっぱりわしは天才じゃな」

「本当かマニシア？」

「はい……体の毒素が抜けたといいますか……なんだか重りをはずしたような感覚ですね」

……それは、良かった。

まだまだ気を抜くわけにはいかないが、とりあえずの処置としては問題なさそうだ。

アモンはなぜか頬を膨らませながら、ぶつぶつと口を開く。

「わしをもっと褒めたたえんかまったく。……さすがにさっきの魔法を連発するわけにはいかぬからの。毎朝にでもグラトに魔法をぶっ放せばいいじゃろう。それか、問題なければどこか魔法を撃ってもいい場所に放つとかじゃな」

「アバンシア迷宮とかなら、問題ないよな？　自動で修復するし……」

迷宮は壊れても自動修復が可能だ。

まあ、一応ポイントを消費してしまうようだが、そんなものマニシアの病気の軽減に役立てるなら些末な問題だろう。

「何を言っておるんじゃルード！　あまり激しく壊すと修理にポイント使うんじゃ！　わしの大切な迷宮なんじゃからな!?」

「……一応はおまえのじゃないからな？」

アモンははっきりとそう言ったが、あれは俺……というかマリウスから譲り受けた迷宮だ。

第一、修復に使うポイントだって俺の外皮を削ったものを使っているんだしな。

「まったく……。それとじゃ、普段でも急に体調が悪くなったら魔力のみを外に放出するようにしてみれば多少はラクになるはずじゃ」

「わ、わかりました……」

「まあ、魔法に比べると大した効果はないかもしれぬがの。ちょっと深呼吸をするような気分でしてみるといいんじゃよ」

「ありがとうございます」

……マニシアの顔色は、確かに前よりはよくなっているな。

ひとまず、応急処置になってよかった。

「とりあえず、マニシアは魔法の制御を練習するべきね」

周囲を完全に守り切ったニンが頬を引きつらせながらマニシアに言う。

マニシアは顔を赤くしながら、申し訳なさそうに周囲を見た。

「も、申し訳ありません、ニンさんのおかげで助かりました……」

「いいのよ別に……目の覚めるいい一発だったわ」

「はい。……制御に関しては頑張ります。比喩でもなんでもなく本当に家を吹き飛ばしちゃいそうですし」

「たぶん、家どころかアバンシア吹っ飛ばすくらいになれるわよ」

「……な、なりたくないです」

「まあ、でもあの威力の魔法を制御できるようになって、体ももっと動かせるようになれば一緒に冒険できるかもしれないわよ？」

「……一緒に、冒険……ですか」

マニシアはちらと俺を見てきた。

「……これからは、私が兄さんを助けられることもあるかもしれない、ということですよね」

「ええ、そうなるわね。ルードが前衛で守って、マニシアが魔法でまとめて吹っ飛ばして、負傷したルードをあたしが治す。完璧なフォーメーションね」

おい。

「……私、頑張ります！　皆さん、もっと魔法について教えてください！」

……突然スイッチが入ったように彼女の目にまで火が宿ったように見えた。

やる気なのは嬉しいのだが、別に今のままでも俺はマニシアにかなり助けてもらっている。

気にする必要はないんだけどなぁ。


ひとまず、マニシアの訓練が始まった。

最初は緊張が漂っていた部分もあるが……マニシアの魔法は着実に進歩しているのがわかった。

その魔法の才能は、まさに天賦のものだ。何を試しても、マニシアは驚くほど素早く上達していくのだから天才そのものだ。

兄として、誇らしい限りだ。

練習の後、魔法を使用するたびに体内の魔力の量が調節されるようで、マニシアの顔色も悪くない。

しかし、朝起きたばかりのマニシアを見ると、魔力も回復してしまうようで、再び魔法を使用していく……。

……毎日限界まで魔法の訓練をしていく姿を見ると、焦りも出てくる。

「アモン、まだ魔界には近づかないのか？」

俺の向かいに立つアモンに問いかけると、彼女はうんざりしたような表情でこちらを見つめ返してくる。

「むう、一日何度聞けば気が済むんじゃ。そんなに何度問われても何も変わりはしないんじゃ。もっとどっしり構えておれ」

ため息をつく彼女だが……アモンにこの気持ちがわかるものか。

「だけど……やっぱりマニシアのことで一つでもできることがあればやりたいんだ」

「それならば、もっと集中するんじゃ。今は力をつけるために努力しろと言っているじゃろう。ほれ、もっと魔力を練り上げるんじゃ」

「……わかった」

マニシアが魔法の指導を受けている一方、俺も自分の力をより引き出せるように訓練を受けていた。

アモンによれば、ネイス魔石鉱は非常に危険な場所だとのことだ。だから、俺自身も、いやクランメンバー全体が強くなる必要があった。

これまでアモンは片手間で俺の指導をしてくれていたらしいが、今後は本格的に行っていくとのこと。

嬉（うれ）しいことではあるが、最初から片手間じゃなくてちゃんと見てくれ、という気持ちは内にしまっておく。

俺は魔力を練り上げながら視線をマニシアたちのほうへ向ける。

向こうではマニシアとルナ、グラトで魔法の練習中だ。

……マニシアが頑張っているのだから、情けない姿を見せるわけにはいかない。

「以前、おぬしはグリードとの戦いで覚醒の力を示したじゃろう。今後はそれを自力で引き出し、しかも制御することが求められるんじゃ」

「……覚醒、というか暴走していたみたいだけどな」

「そうじゃが……それも別に悪いことではないんじゃ。わしらが魔物のような姿に変身して戦うのは知っておるじゃろう？」

「確かに……。アモンも犬に変身していたな」

「狼（おおかみ）じゃ！　それを間違えるんじゃない！」

扇子でびしびしと肩を叩（たた）かれる。

「わしらはあの状態では、理性を完全には制御できないような状態じゃ。敵味方の区別がつかなくなり、とにかく自分に敵意を向ける相手を攻撃し続けるか、あるいは倒れるまで攻撃を仕掛ける。それが我々の魔獣転身の力じゃ」

「魔獣転身か」

アモンたちとの戦闘を思い出し、その脅威も思い出す。

人間状態ならば互角以上に戦えていたのに、変身された瞬間……手も足も出なくなってしまっていた。

あの力は確かに、かなりのものだ。

「おぬしは、以前の暴走を単なる暴走と思っているようじゃが、あれこそが魔獣転身なんじゃ」

「……そうだったのか？　でも、あれは魔人とかにしか使えないものじゃないのか？　なんで俺まで――」

「今のおぬしは条件を満たしておるんじゃよ。マリウスから迷宮を継承し、力を得て……さらにマニシアに使用したブライトクリスタルによって肉体も強化されたしの」

「つまり……この修行が終われば、俺も怪物のように変身してしまうのか？」

「怪物じゃと!?　あれは一流の魔族や魔人にのみ許された秘技じゃ。確かに外見は魔物のようになることもあるが、そこは人それぞれじゃ」

「……そうなのか？」

「その通りじゃ。とにかく、おぬしは自身の限界を超えた魔力を引き出すんじゃ」

「……わかった」

指示通り、俺は普段戦闘中に使用している魔力制御と同じように、魔力を利用して肉体を強化する。

外皮の代わりになる魔力の膜を構築し、肉体を強化していく。

……もう、ここまでだ。

そう思ってアモンに目を向けると、彼女がじっとこちらを見つめているのがわかる。

「まだだ。おぬしはもっと魔力を注ぎ込んで、限界を超えるんじゃ」

「……でも、本当に暴走してしまったらどうするんだ？」

「わしが作った手錠を使用すれば抑え込むことができる。安心せい」

そう言って彼女は、以前グリードを捕らえる際に使っていた手錠を取り出し、くるくると回している。

……しかし、本当に大丈夫だろうか。

「それに、言っておくが。現状のルードでは、ネイス魔石鉱で仲間たちを十分に守り切れるとは言い切れないんじゃ」

「……何だって？」

「それだけ、危険な場所なのじゃ。できることはすべてやっておいたほうが、確実にマニシアを救うことができると思わぬかえ？」

「……そうだな。了解、やってみる」

「……マニシアに言及すると、前向きになるんじゃな」

アモンは微笑みながら頷いていたが、当然のことだ。

冒険者としての俺の動機の半分は、マニシアを助けたいという思いからきている。もちろん、活動自体が楽しいのもあるが。

魔力の制御からの……暴走。

目を閉じ、意識を集中させる。

魔力をもっと増幅させようと努力するが、なかなかうまくいかない。

「前に、どうやって暴走させたのかを思い出し、それを再現するんじゃ」

……前。

あの時は、怒りに駆られて魔力が暴走したんだよな。

怒り……それが引き金だった。

ひとまず、怒りを感じられるような状況を考えてみる。

……俺はどのような状況で怒りを感じるんだろう。仲間が危険にさらされたときだろうか。

グリードのときだって、そうだった。

仲間……皆がやられそうな場面……。

だが、いくつか思い浮かんだ場面では怒りよりも「自分は何をしていたんだろう」という情けない気持ちが先立ってしまう。

方法を変えたほうがいいかもしれない。

それ以外には……マニシアか。

たとえば、マニシアが結婚するとか……結婚!?

落ち着け……想像だ。

感情が大きく揺さぶられたのは確かだ。

……続けよう。

マニシアが結婚……もちろん、認める。

認めるのだが、相手が理解し難い、胡散臭い男だった場合、マニシアを欺くような行動を取っていた場合は……俺はその男を許すことはない。

下手をすれば殺してしまうかもしれない。

「おおっ！　ルード！　いい感じじゃぞ！　魔力が溢れ出して、鎧のように体を覆っているんじゃ！」

「……そんな男との結婚を許すか！」

「なんじゃと!?　いきなり何を言っているんじゃ!?」

魔力が解き放たれた。

全身を包み込むように、そして、理性や意識が魔力によって侵食されていくような感覚。

暴走したときと似たような感覚だ。

だが、今はまだ意識がある。抑えようと考える思考がある。

もっと魔力が必要だ。……いや、だめだ。欲望に突き動かされると、制御することが難しくなる。

それに、自我を保てない。

魔力をさらに解放し、欲望のままに、暴れようとする体を必死に抑え――

「ふむ、よい状況じゃ。まずは慣れるところから始めようかの」

そんな声が響いた瞬間、魔力が次第に収束し始める。

……よく見れば、左手には手錠がはめられていた。

深いため息をつき、俺は腕を組んでいたアモンに視線を向ける。

「やっぱり、難しいな」

先ほどの暴走寸前の状況を思い出し、俺は首を横に振る。

だが、アモンは俺の考えとはまるで真逆の反応を見せた。

「いや、むしろ予想以上にいい出来じゃったよ」

「……え？」

「一度目であそこまで行けば十分じゃ。それと、ルードが人間じゃからか……魔獣転身に関してもどうやら少し違うようじゃしな」

「違うってどういうことだ？」

「さっきのルードは、全身に魔力で作り出した黒い鎧がまとわりついていたんじゃ。おそらく、おぬしの持つスキルや普段の戦い方が影響しているのかもしれないんじゃが……より仲間を守るための力を得ようとしているように感じたんじゃ。じゃから、予想以上にいい出来というわけじゃ」

……俺を慰めるための嘘、というわけでもないようだ。

アモンがそこまで俺に気を遣う理由もないしな。

「でも、もし放っておいたら、俺はアモンを攻撃していたんだろ？」

「そうじゃな。だからこそ、その魔力を繰り返し体験し、体に慣らす必要があるんじゃ」

「そんなに簡単にいくものなのか？」

「わからないのう。ただ、もし完全に制御できるようになれば、おぬしの力は相当なものになるはずじゃ。マニシアのためになるんじゃから頑張れ」

「まあ、マニシアのためなら仕方ないか……」

「相変わらずじゃな」

アモンは苦笑しながら扇子をばっと開いて目元を緩める。

「スキルと魔人の力。両方を完全に使いこなせる人はいないんじゃ。グラトは近いかもしれないがの、彼も両方の力を切り離して使っている。それを組み合わせることで、スキルを強化できることだってあるはずじゃ。その領域に到達できれば、おぬしは世界最強にだってなれるかもしれぬぞよ」

「……了解」

夢のある話だ。

世界最強に興味があるわけではない。俺は自分の手の届く範囲のものを守れるだけの力が手に入ればそれでいい。

……だけど、確かに最強の力がなければ守ることもできないような相手と戦うことだってあるかもしれない。

俺自身の能力を高めるためにも、力をつけなければならないのは確かだ。

それから何度か暴走状態と通常状態を切り替えるように、魔力を使っていく。

一度の魔獣転身でかなりの体力を消耗するが、マニシアを思う心で疲労を回復だ。

何より、アモンが真剣に指導してくれているのだからそれに報いる必要がある。

そうして数時間ほど訓練をしたところで、

「少し休憩じゃ。感覚は少しずつわかってきたじゃろう？」

「そうだな」

魔力の解放方法については、かなり感覚を掴んできた。

もう、マニシアと変な相手との結婚場面を考えなくても、暴走状態にはできる。

あとは、制御するだけだ。

「色々と教えてくれてありがとな」

「それだけネイス魔石鉱は危険な場所だというわけじゃ。まあ、おぬしたちが力をつければ問題はないとは思うんじゃがな」

「アモン一人じゃ、難しいような場所なんだな」

「ネイス魔石鉱は環境が特殊なんじゃ。あそこだけ、魔力が溜まりやすい環境で、それを吸収して魔物たちも強化されていくというわけじゃ」

「……そうなんだな」

色々と難しいことがあるようだ。

用意しておいたタオルで汗をぬぐっていると、アモンが手を鳴らした。

「とにかくじゃ。もっと力をつけるんじゃよ。そうすればおぬしだって一人で戦えるようになるはずじゃ」

「一人、か」

「仲間を頼れるのはいいんじゃが、一人でどうにかできるならそれに越したことはないじゃろう。とにかくじゃ……っ。ネイス魔石鉱ではわしを守れるようになるんじゃよ！」

「はあ、わかったわかった」

アモンが言うことももっともだ。

俺のスキルは仲間に頼らないとうまく使用できないものも多い。

そもそも、人間の戦い方とはそういうものだ。

自分に与えられたスキルで、自分の役割をこなす。自分のできない役割を他の人にお願いし、お互いの弱点を打ち消し合っていく。

それでこれまで乗り切ることはできたが、何度も危機に直面しているのも確かだ。

今以上の力をつける必要があるのは……当然だよな。

一度食事をとり、今度はアバンシア迷宮に行って、マニシアの全力の魔法を放ってもらう訓練になる。

人がいない階層ならどれだけ暴れても問題ないからな。

アモンが文句を言うくらいだ。

そうして、俺、マニシア、ルナ、アモンの四人はアバンシア迷宮へと向かっていき……

その途中でリリアとリリィを見つけた。

二人は今日はギルドの制服ではなく、私服を着ている。

「あれ、ルードたち、どうしたんですか？」

一早く気づいたのはリリィだ。恐らく索敵魔法などを使用していたのだろう。

遅れてリリアも視線をこちらに向けてきて、よっ、という感じで片手を上げている。

「俺たちはマニシアの魔法訓練で迷宮に来たんだけど……二人はどうしたんだ？」

「今日は休みだったから、ちょっと遊びに来た」

「お姉ちゃんの言う通り、最近あまり体を動かせていなかったので迷宮でちょっと遊ぶことにしたんですよ」

「そうか」

この二人ならではの休日の過ごし方だな。

中途半端な力では、迷宮へ遊びに行こうという考えにはならないだろう。

「でも、またどうしてマニシアちゃんの魔法訓練に来たんですか？」

「あー、そうだ。詳しく話していなかったか」

確かに、この二人にはまたマニシアの体調が悪化したことについては話していなかったな。

今、マニシアがどんな状況にあるのか、そしてその解決策について話すと、二人は興味津々の様子だった。

「ふむ、なるほど……マニシアちゃんは魔法の訓練を受けているんですね。それでもって、ルードは魔界行きのための修行をしていると」

「……まあ、そうだな」

修行中なのは俺だけではない。

クランメンバーの皆が、今以上に強くなるために努力してくれている。

「でも、魔界って大丈夫なの？」

ちらとリリアの視線がアモンに向く。

「まあ、魔界だけならそんなに大きな問題はないんじゃよ。そういえば、二人は行かないのかの？」

アモンの問いかけに、リリアとリリィは視線を合わせる。

リリアは苦笑気味に、リリィは笑顔で頷いた。

「私たちも都合がつけば、一緒に行ってもいいけど」

「もちろんです。大事なマニシアちゃんの一大事というのなら、このリリィ。全力で力をお貸ししますよ」

「……ありがとな」

リリアとリリィも力を貸してくれるとなれば、頼もしい限りだ。

とはいえ、彼女たちにはギルド職員としてアバンシアを守ってもらっている部分もあるので……さすがに全員で魔界に行くことはできない。

アバンシアにはアバンシアの日常もあり、俺たちはそれを守る必要があるからな。

メンバーに関してはよく考えないと……。

俺たちは一緒に迷宮へ入り、アモンに人が少ない階層を探してもらい、そのエリアへ移動した。

移動してすぐ、マニシアとルナは魔法の訓練に励み、リリアとリリィは召喚した魔物と戦闘訓練を始める。

俺は、他の皆が集中しているのを邪魔しないように、魔力の解放と制御の訓練に取り組んでいく。

もし暴走しかけたら、すぐにアモンに止めてもらい、少しの休憩を挟んで何度も繰り返していく。

「おお、予想以上にできているようじゃな」

アモンが頷く。

「そうなのか？」

俺の感覚としては、まだまだうまく制御できていないように思えるが、アモンの見立てでは問題ないようだ。

「うむ。次からは実戦でその力を試してみるのもありじゃろうな」

「実戦、か」

「そうじゃ。平常時で使えるのは当然じゃ。感情が高ぶる戦闘中にいかに制御できるかが大事じゃろう？」

アモンの言う通りだ。戦いのときに使えないのでは意味がない。

この分野では、アモンの経験が一番頼りになる。

少しの休憩を挟んで、先ほど話した通り、俺は大盾と剣を手に取り、リリアとリリィと向かい合った。

「全力で攻撃していいってほんと？」

「外皮なくなっても知りませんよ？」

からかうような笑みを浮かべたリリアとリリィがこちらを見てくる。

俺、二人に何か恨まれるようなことでもしただろうか？

二人のどこか好戦的な笑みの前に、俺はただただ頬が引きつってしまう。

助けを求めるようにアモンを見ると、ぐっと親指を立てる。

「もちろんだ」

アモンは扇子を開き、楽しそうにこちらを見てくる。

リリアとリリィは視線を合わせたあと、すぐにこちらを向く。

「それじゃあ……やろっか」

「ふふふっ、それじゃあ、全力で行きますよ！」

そう言ったと同時に、リリアが地面を蹴り、リリィから魔法が放たれた。

速い。そして、初手からこちらを完全に潰す動きだ。

魔法が周囲から押し寄せ、正面からはリリア。

リリアをかわそうとすれば、魔法のどれかが当たるだろう。

一つでも当たれば大きく外皮を削られることになる。

ならば、正面から来たリリアと戦うのが一番だ。

「ルードは、魔獣転身で戦うんじゃぞ」

「そうじゃないと訓練にならないしな……っ」

リリアに突っ込みながら、俺は魔力を解放していく。

俺の体を黒い魔力が包んでいくのがわかる。だが、そればかりに意識を割いてもいられない。

リリアが剣を振り下ろしてくる。

一度、攻撃をはじく。

大盾とともに前へと踏み込むと、リリアの剣がさっと引いた。

……こちらの動きを完全に読まれたな。リリアの口元が緩む。

一緒に戦ってきた時間が長いため、俺の挙動でバレてしまったようだ。

だが、それはこちらも同じだ。

側面から斬りかかってきたリリアの剣に剣を合わせる。だが、リリアはすぐにもう片方の剣でこちらを狙ってきたが、それには大盾を合わせる。

だが、リリアに集中してばかりもいられない。

すぐに、リリィの魔法が飛んでくる。

見事な連係だ。さすがに守ってばかりではすべてに対応するのは厳しいが……それをできるようになる必要がある。

アモンが言っていたネイス魔石鉱の難易度が、どれほどのものかはわからない。

だが、これを余裕をもって捌けるようにならなければ、攻略は難しいはずだ。それはつまり、マニシアを助けられないことになる。

俺は自分の体を覆う魔力を、変化させていく。

アモンは……俺の魔獣転身は少しおかしいと話していた。

魔力の鎧のようなものが覆っていく、と。それは、魔力を外皮として使うものともまた違うようだ。

だから、意識する。

皆を守るための鎧として、作り替えていく。その鎧によって肉体を強化し、攻撃と防御、どちらも強化するイメージ。

……皆を守るのは当然だが、皆を守るために――敵を排除する。

「……ッ」

リリアの表情が変化する。

俺は顔まで覆いつくすように集まった魔力をすべて変化させながら、地面を蹴る。

俺の体はまるで翼でも生えたように軽い。

俺の振りぬいた剣がリリアの外皮を掠(かす)める。

回避が間に合わず、意外そうに眼を丸くしたリリアはすかさず距離を取る。

……彼女もマリウスほどではないが戦闘狂だ。この状況に笑みを濃くしている。

そんなリリアへ追撃しようとした俺へと魔法が押し寄せる。

リリィが、リリアが立て直すための時間を作るために放った魔法だ。

俺はそれに、大盾とともに突っ込み、受けながら突撃する。

「うえ!? ちょっと無謀すぎません!?」

俺の行動は予想外だったようだ。リリィが叫びながら魔法の出力を上げるが、俺はそれらを薙(な)ぎ払うようにして大盾を振りぬいた。

そして、地面を蹴って突っ込んできたリリアに大盾を合わせ、その体を弾(はじ)き飛ばす。

いける。今ならリリアを殺――……いや、落ち着け。

破壊衝動のようなものが押し寄せるのを抑えこむため、俺は自分が纏(まと)っていた魔力をすべて吐き出すようにして消し飛ばした。

同時に、全身にどっとした疲れが押し寄せ、俺は膝をつく。

「アモン。ちょっと休憩させてくれ」

「それはいいんじゃが……ルード、今の感覚は覚えたかの？」

「……ああ、多少は」

「さっき、おぬしは魔力を全身鎧に変えていたんじゃが、それも理解しているかの？」

「……全身鎧？」

俺の感覚としては魔力をまとっていただけに過ぎなかった。

首を傾げて問いかけると、アモンも頷く。

「そうじゃ。おぬしは頭、体、足と……すべての場所に魔力で作り上げた鎧を纏っていたんじゃ。それこそが、おぬしの魔獣転身じゃな」

「……魔物、じゃないけどな」

「そうじゃな。それに、理性もあった。どうやら、やはりわしらとは明らかに違うようじゃな。魔獣転身……ではなく、魔気纏い、とでも名付けようかの」

アモンが何やら楽しげに話している。

……効果が違う、か。

なんにせよ、先ほどの力が俺にとってかなりのものであることはわかる。

そんなことを考えていると、アモンが再びこちらに笑顔を向ける。

「どれ、ルード。もう休憩は終わったじゃろ？」

「まだ少ししか休んでいないんだが……」

「よし、いけるようじゃな」

「話聞いてたか？」

「マニシアもほれ、ルードの姿を見ておるぞ？」

「よし、やるか」

俺はすぐに立ち上がり、体を捻る。

マニシアにいいところを見せるために、俺は再び魔力を練り上げていった。


リリアたちとの訓練から数日。

……アモンが勝手に命名した魔気纏いについてだが、制御するのはなかなか難しい。

それに、体力の消費もだ。

一度使用して戦闘をすると、発動中はいいのだが、どっとした疲れに襲われてしまう。

正直言って、連発できるような技ではない。

……制御だって、まだまだ難しい。

それの打開策を考えていると、

「ルードよ。使用する場合はひとまず右腕だけに纏うんじゃ。それなら制御できるじゃろ？」

「右腕だけ、か。とりあえずやってみる」

全身に纏った時に比べると効果は下がるが、それでも強化されるのは事実だ。

さらに慣れてくれば右腕だけじゃなく、全身鎧の完全装甲を展開できるようになってくるとは思うが……まずは右腕だけに意識しよう。

右腕に展開すると、だんだんと体全体を魔力が蝕んでくる。

勝手に鎧までも展開しようとするが、俺はその前に魔力を放出して解除する。

「魔力の浸食も抑えられるはずじゃ。もっと集中するんじゃ」

「……ああ」

俺は大きく深呼吸をしてから、同じような訓練を続けていく。

その訓練をしながら、俺はちらと自宅のほうへ視線を向ける。

マニシアたち、まだ、来ないな。

俺たちは家から少し離れたところで訓練をしていた。というのも、今は実戦での訓練が必要なため、家の近くでは場所を確保できないからだ。

……今は自分のことに集中しないとな。

魔気纏いを発動し、それを制御できるようになったところでアモンへと突っ込んでいく。

アモンは回避を優先しているからか、まったくもって攻撃が当たらない。

今はアモンに攻撃を当てるのが目的だ。

連続で使っていると疲労も溜まってくるので、途中で休憩を挟みつつ、訓練を継続していく。

結局、攻撃は当てられず、アモンがドヤ顔でこちらを見てくる。

「明らかに前よりも動きのキレはあがっておるようじゃが、まだまだじゃの」

「……まあ、そのうち当ててるさ」

「それにしても、マニシアとルナはまだかの？　そろそろ迷宮に出発する時間じゃろう？」

「そうだな」

マニシアとルナと、いつものように迷宮で魔法訓練を行う予定だ。

最近の日課なのだが……今日はまだ来ない。

そろそろ、目的の時間なのだが……そう思っていると慌てた様子でルナが走ってきた。

「マスター！　良かった、まだ村にいてくれましたか……っ」

「ルナ？　どうしたんだ？」

息を乱した様子のルナが俺の前で荒い呼吸をついていた。

……何か起きたのだとすぐに理解した。

アモンもふざけた調子をなくし、ルナをじっと見る。

「ルナ、どうしたんだ？」

彼女を落ちつかせるよう声をかけると、ルナは顔を上げた。

「マニシア様の体調が良くないのです！　一度家に戻ってきてください！」

「なんだって⁉　すぐ行く！」

「は、はい！」

俺はルナにすぐ返事をし、俺たちは家へと向かって走り出す。

少し離れたところからアモンは自分の作り出した風に乗ってついてきているのだが、どこか考えるような表情だ。

「……むー、それほど悪化しているようには思えなかったんじゃがな」

アモンはそう言っているが、病が常識通りに行くわけがない。

頼む……マニシア。無事でいてくれ。

急いで家へと戻り、扉を開けると、マニシアがキッチンに立っていた。

「マニシア⁉　大丈夫なのか⁉」

「マニシア様！　さっき咳き込んでいましたよね⁉　大丈夫ですか⁉」

「いや、大丈夫じゃない！　マニシア、ゆっくり寝ているんだ！」

俺とルナがすぐさまマニシアを部屋へと押し込もうとすると、マニシアはむっと頬を膨らませる。

「二人とも、過剰です。……確かに普段より体が重たいので、迷宮に行くのは大変だと言いましたが」

「それは重症じゃないか!?」

「重症ですっ」

俺とルナが叫ぶと、マニシアは額を片手で押さえる。

「ああ、もう。心配してくれるのは嬉しいですが、それでは治るものも治りませんからっ。動ける範囲でできることはさせてください」

マニシアがちょっと俺たちを睨むように見てきて、後ろからやってきたアモンも頷く。

「やはり、まだ大丈夫じゃな。……ただ、思っていた以上に体を魔力が蝕んでしまっているのも事実じゃ。とりあえず、マニシアよ。今日はグラトに魔法を打ち込んで魔力を消費するんじゃ」

「わかりました。もう、アモンさんがいてくれなかったら私ベッドにくくりつけられていましたよ」

「そうじゃな。ルードもルナも、もっと冷静に見るんじゃ。休ませれば治る、という単純なものでもないんじゃからな」

アモンがじっとこちらを見てくる。アモンの後ろから、マニシアも見てきて、俺とルナはそれでも心配な気持ちがあった。

……もちろん、アモンの言っていることも理解できるが……でも、という気持ちである。

「兄さん。ルナさん。たまたま、体調が悪い日というのは前からありました。大丈夫ですから」

「そ、そうだな」

俺は動揺しながらも必死に自分に言い聞かせるように頷いた。

しかし、それでも不安なものは変わらない。ルナも同じような気持ちだったようで、おずおずと問いかける。

「だ、大丈夫なんですか？」

「大丈夫です。もう、ルナさんもなんだか兄さんに似てきてしまっているんですから……兄さんがまずはどんとしていてください」

「……あ、ああ」

マニシアにじっと睨まれ、俺としてもそれ以上は何も言えなかった。

……とりあえず、何事も起こらないことを祈るしかないよな。

ひとまずグラトにお願いして、マニシアの的になってもらった。

マニシアは、ひとまずは大丈夫そうだ。

とはいえ、まだ今は余裕があるだけで、急変する可能性はいくらでもある。

だから……できる手を打っておくべきだ。

アモンと再び魔気纏(まと)いの練習をしていた俺は、アモンに問いかける。

「アモン。まだ魔界には近づかないのか？」

「……そうじゃな。恐らくじゃが、次は一か月後くらいになるはずじゃ。一応、魔界に迷宮があれば……その近くへの転移なら楽にできるんじゃがのぉ」

「迷宮、作れないのか？」

「作れぬの。まあ、じっと我慢するんじゃ。おぬしの修行だって終わってないじゃろう？」

「……でも一か月後だろ？　それだと、遅いんだ。その間にマニシアに何かあったら……」

「それはもちろんわかっておるんじゃよ。じゃがな、無理やりに魔界への門を開けば危険もあると言ったじゃろう？　狙っている場所に移動できない可能性は大きいんじゃ」

「それは、そうかもしれないけど……」

だが、あと一か月。

その間にマニシアはあと何度苦しむことになるのだろうか。

そう考えると、いてもたってもいられなかった。

そんな俺を見てか、アモンは小さく息を吐いた。

「わかったんじゃよ。ひとまず、一度魔界への門を開いてみるんじゃ」

「……そ、それで行けるのか」

「ひとまず繋げてみて、様子を見てみるんじゃよ。安定化すれば、行けるとは思うが……あまり期待するんじゃないんじゃよ」

「わかった、試してみてくれ」

「うむ」

アモンが深呼吸をすると、彼女の体から魔力が溢れ出す。

それは周囲へと満ちていき、そしてアモンの眼前に一つの黒い渦が生まれた。

真っ暗な深淵のようなその渦を見ていると、吸い込まれるような感覚に襲われる。

「これが、魔界の門なのか？」

「うむ。じゃが……やはり安定化は厳しいのぉ。今回もネイス魔石鉱近くに作ったつもりなのじゃが、まったく別の入り口に繋がってしまったようじゃ」

「……そうなのか。でも、例えば魔界に移動してからネイス魔石鉱に移動する、っていうこともできるんじゃないか？」

「それはできないこともないがの。移動は大変じゃし、そもそも今はまだ門が不安定なんじゃ。下手をすれば次元の狭間に飲まれ、二度と魔界にも人間界にも戻れぬかもしれぬのじゃよ？」

それは……ダメだよな。

マニシアに二度と会えなくなってしまうとなれば、無意味だ。

悔しい。

あと少しでブライトクリスタルに手が届きそうなのに、ここで足踏みしないといけないなんて。

そんなことを思っていたときだった。

「ん？」

不思議そうな声をアモンが上げると、生み出した魔界の門から魔力が溢れ出した。

「……こ、これは……っ。まずいんじゃよ！　ルード……！　すぐに離れるんじゃ！」

アモンがそう叫んだ瞬間だった。

動こうとした俺たちの体が、魔界の門に吸い寄せられる。

「な、何が一体どうなっ――」

「門が暴走したんじゃ！　うぐ……っ。まずいんじゃ！　飲み込まれるんじゃよ！」

「門は閉じられないのか!?」

「い、今やってるんじゃ！」

俺とアモンは必死にこらえていたのだが、体がどんどんと門へと近づいていく。

そして――。

「ぬお⁉」

「うおっ⁉」

アモンと俺は悲鳴を上げながら、渦へと吸い込まれていく。

その時だった。

「んな⁉　今門がしまったんじゃ！」

「遅い……っ」

そんな叫び声を上げ、俺たちは魔界の門の先へと落ちていった。

第三十三話　魔界

目を開けた瞬間、見知らぬ森にいた。周囲には緑の樹々が茂り、鳥のさえずりが耳に心地よく響いてくる。空気は新鮮で、森の香りが漂っている。

とても、落ち着いた場所だ。ただ一つ、濃厚な魔力が充満していること以外は。

「アモン！　アモン！　……いないのか」

声を上げても、返事はない。

先ほどの様子を思い出すに、アモンも巻き込まれているはずだ。

しかし、周囲を改めて見回してみても、人はいないどころか……まったく気配すらない。

遠くまで意識を向けてみると、あったのは魔物たちの反応だ。

それも、感じられる魔力はどれも強い。ここがアバンシアの近くの果樹園などではないというのが、それで証明されたようだった。

ここが、魔界なのだろうか？　それとも、人間界にあるどこかの森？

そんな思考が出てくるくらいに、森は普通だった。

魔界の森という言葉からは、もっとこう……恐ろしい場所を想像してしまっていたが、どうやらそれは俺のイメージの中だけのようだ。

無人の森の中で、心細さはあった。

「……まいったな」

見渡す限りの森で、どこに向かえばいいかもわからない。

大事な大盾と剣も一緒に持っていたことだけが、唯一の救いか。

どうしようか。

立ち並ぶ樹々の奥にも森が続いている。太陽の光が葉っぱの隙間から差し込み、地面に優しい光の模様を描いている。

だが、その光は夕陽。……俺がここに来る前はまだお昼を食べたあとくらいだったのだが、それだけ俺が気を失っていたのだろうか？

あるいは、魔界と人間界で多少時間に違いがあるとか？

……とにかく、日が落ちるまでそれほど時間はない。

「アモンが迎えに来てくれるまで待つか……？　迷子になった時は、あまり移動しないほうがいいって言うけど……」

しかし、待っているだけでは何も変わらない。このままでは夜を迎えてしまうよな……。

食料や水がないとここに留まるのは難しい。周囲には魔物の気配が感じられるから、最悪それで食料は調達できるかもしれないが……可能性があるわけじゃないからな。

「とりあえず……街でも見つけるか」

アモンやマリウスの話によれば、魔界には普通の人々も住んでいるという。だから、街を見つけられれば、ひとまずの安全は確保できるはずだ。

それにしても、こうして一人で行動するのは久しぶりのことだ。

足を止めて森を見上げる。木々が風に揺れている。……同じような景色だ。

迷子にならないために、木々に剣で傷でもつけようか……そう思ったときだった。

近くに魔物の気配が感じられた。

息をひそめ、様子を窺っているとゴブリンのような人型の魔物が現れた。

ただ、通常の個体が進化した類のものなのだろう。顔には見たことのない傷がいくつかあり、感じられる魔力も強大だ。

見た目はゴブリンだが、ゴブリンと思って戦えば痛い目を見るだろう。

しかし、まだ向こうはこちらに気づいていないようだ。攻撃してこないのなら、手を出すつもりはない。

そのまま通り過ぎていくのを見守っていたが、ふとその魔物の視線が俺に向けられた。

俺の存在に気づいたようだ。……魔力かあるいは臭いなどに反応したのだろうか？　だとすれば、その感知能力の高さだけでもすでに通常のゴブリンよりも優秀だ。

「ガアアア！」

地面を蹴って、俺に向かって来るゴブリン。

ゴブリンは手に持っていた棍棒を振り下ろしてくる。

風を切る音とともに重量のある一撃が迫る。

大盾を使ってそれを受け止めるが、打撃に身体が揺れる。

……やはり、通常のゴブリンよりも強い。

「邪魔、するな！」

俺は大盾でゴブリンを弾き飛ばし、よろめいたところで剣を振り下ろす。

最近の鍛錬の成果が現れ、戦いがスムーズに進んでいる。火力面は心配だが、このくらいの魔物なら対処できるだろう。

「森の外に出てみようかな……」

足を進めていくが、魔物が現れるたびに戦闘になる。周りに広がる森は深く、時間が経つにつれて、太陽は徐々に西に傾いていく。

……まずい。

夜が来る前に、せめて森は出たい。

何も知らない土地で野宿は避けたいところだ。しかし、進むほどに森の奥深くに迷い込んでいる気もして、途方に暮れつつも前進を続けた。
不安とともに歩を進めていたときだった。
人の気配が感じられた。
ただしその気配からは、絶望的な魔力も感じ取れる。
人間と魔物。そして……人間はどうにもその魔物から逃げているように感じる。
魔物の追跡から逃れようと必死に足を進めている……そんな魔力の動き方をしている。
「助けを求めているのか……」
俺はその気配に引かれるように、走り出す。
人間の声や足音が次第に聞こえてきた。必死の逃走が森の中に響き渡っている。
だから俺は声を張り上げた。
「こっちだ！」
その声が届くかどうかはわからなかった。
だが、成功したようだ。魔力はこちらへ向かって走ってきて、俺もそちらへと走る。
そして、すれ違うようにして視線が合った。
女性だ。
疲労の色が顔に表れている彼女は、顔面蒼白の状態でこちらに来ていた。
その女性の背後には、オーガの姿があった。

こいつから、逃げていたのか。

俺は地面を蹴って一気に駆け出す。彼女は振り向き、俺に気づいたようだ。

ただし、恐怖に支配されている様子は変わらない。

魔物が彼女に襲いかかろうとしている。

そちらを狙わせるつもりはない。

俺は『挑発』を使い、オーガの注意を引きつける。

「ガアアア！」

オーガの注目が、女性から俺へと移る。

オーガは俺に向かって突進してきた。その巨大な体躯と凶暴な表情は圧倒的な威圧感を放っていた。

……こいつも、通常のオーガが進化したような個体なんだろう。オーガから感じられる魔力は、かなり高密度なものだった。

「ゴガアア！」

響き渡る咆哮（ほうこう）と共に、オーガが攻撃を仕掛けてくる。

その荒々しく振り下ろした腕に大盾を構え、受け止める。

衝撃が伝わり、身体が少し揺さぶられる。

だが、受けきった。隙だらけのオーガの脇腹に剣を斬りつけるが、僅（わず）かに皮膚を傷つけるだけでほとんどダメージはなさそうだ。

オーガの視線が、一瞬俺から女性へと向けられた。俺もつられて見ると、女性はがたがたと恐怖に震えていた。

『挑発』の効果は徐々に切れつつあるようだ。

もう一度『挑発』を使用しながら、俺は倒す準備を始める。

……こういった相手の対処は——さっさと仕留める。

マリウスなら、そう言うだろうな。

最近は一緒に訓練していることもあるため、俺も彼の考え方に毒されているようだ。

「ガアア！」

再びオーガが怒号を上げ、動きが素早くなる。身体強化の魔法を使い、より凶暴な攻撃を繰り出してくる。俺は大盾でその攻撃を受けていく中、オーガの攻撃を弾き返し、自身の外皮の削られ具合を確認する。

……５００ほどか。

無茶な受け方をして、ダメージを蓄積した。

その理由は簡単だ。

再び突っ込んできたオーガに合わせ、俺は『生命変換』を発動した大盾を振りぬいた。

オーガを倒すつもりの一撃だったが、オーガはむくりと体を起こした。

……ダメージはあるようだが、致命傷まではいかなかったか。

思っていた以上に、頑丈だな。

「ガアアア！」

オーガは両腕を大きく開き、咆哮を上げる。同時に、彼の体から魔力のようなものが膨れ上がり、さらに動きが早くなった。

あまり長く戦っていると……他の魔物にも気づかれるな。

大盾で受け止めながら、俺は小さく息を吐き、そして――魔気纏いを発動する。

俺は右腕のみに展開した装甲を確認してから、オーガの攻撃を右腕で受け止める。

「……ガッ!?」

俺はそのままオーガの右腕を掴み、その体を地面へと叩きつける。

「ガッ!?」

オーガの巨体が地面にぶつかる音が轟く。

そして、立ち上がろうとしたオーガの体を大盾で殴りつけ、吹き飛ばした。

……今のがトドメの一撃となったようだ。オーガから感じられる魔力が薄れていき、消える。

俺は魔気纏いを解除し、深い一息をついた。疲労が襲ってくるが、この戦いが無事に終わったことへの安堵のほうが大きい。

しかし、まだ懸念のすべてが消えたわけじゃない。俺はそのまま助けた女性へと視線を向けた。

彼女はぽかんとした表情で、俺のほうを見つめていた。

緊迫した戦闘が終わったことによる余韻と、不意な救いの出現に驚きが混じったような表情だ。

そんな彼女はじっとこちらを見て、

「お、王子様……？」

「え？」

「あっ、ううん……なんでもない……えっと、大丈夫？　怪我をしていないか、声をかけられる。どちらかというと心配されるべきなのは彼女のほうだと思うのだが。

「こっちは大丈夫だ。そっちは……怪我とかしていないか？」

「私も、大丈夫だよ。助けてくれてありがとね……もうダメかと思ってたんだよ」

彼女の苦笑からは、強い感謝が伝わってきた。

「いや、別にいいんだ。それより……この近くに村や町とかはないか？　迷子になってしまって……案内をしてほしいんだが……」

「それなら……私が暮らしている村に来る？　ここから近いけど……」

「村……良かった。野宿にならなくて済みそうだ。って足は大丈夫か？」

彼女はどうやら足に怪我をしてしまっている。

……魔族の人たちは魔力で外皮のようなものを作れるが、それも完璧ではないみたいだからな。

魔力が尽きれば作れないし、外皮を作っていないときに攻撃されれば怪我をすることはよくあるのだろう。

「あ、歩くのはなんとかなる……かな？　いてて……」

……なんとかなる、とは思えないな。

彼女が引きずるように立ち上がると、足の傷から少し血が流れている。それを見て見ぬふりはできないため、俺は身に着けていたアイテムポーチからポーションを取り出す。

「ポーションあるから使ってくれ」

彼女の足にかけると傷は塞がった。

「あっ、ありがとね……まさかここまでしてくれるなんて」

「気にしないでくれ。それより、暗くなる前に村に案内してくれないか？」

「あっ、うん！　こっちだよ！」

……とりあえず、夜は村で越せそうだな。

俺は彼女の案内に従い、村へと向かっていった。

村へと歩いていく途中で、彼女と軽く自己紹介をした。

ジェニーは村の数少ない冒険者だそうだ。

森で薬草を採取していたのだが、その途中でオーガに襲われてしまい、足を怪我したという。

必死に逃走している途中で、俺が発見した、というわけだ。

……本当にぎりぎりの状態だったんだな。

村の輪郭が見えてきた。

入り口にはアーチ状の門があり、その入り口では二名の男性が警戒するように周囲を見ていた。

一人、若い男性は心配するようにきょろきょろと村の外のほうへ視線を向けていたからだろう。彼は真っ先にこちらに気づき、警護していた入り口から離れるようにしてこちらへ駆けてきた。

「ジェニー！　良かった無事だったのか!?　……ん？　そっちの男はなんだ？」

ジェニーに向けていた笑顔は、俺に合ったところで警戒へと変わる。

彼はジェニーを知っているようだ。村の冒険者だろうか？

「ちょっとバルン！　そんな敵意むき出しにしないで！」

ジェニーは俺を庇うように男性の前に立ちはだかり、彼を制止する。

しかし、バルンと呼ばれた男性はどこか警戒色を強めていく。

「い、いやだって……いきなりそんなわけのわからない男を連れてくるなんて……おかしいだろっ」

「彼はルード！　私が死にそうだったときに助けてくれたんだからそんな顔で睨まないで！」

「な、なに……？　に、人間のくせにジェニーを助けられるほど強いのか……？」

ジェニーの叱咤に男性は一歩引く。

「そうだよっ。えっとね――」

その後、ジェニーは何やら体をくねくねと動かし、熱に浮かされたような調子で俺がオーガからジェニーを助け出した状況を話してくれた。

「……というわけなんだよっ。だから彼は私の王子様で……あっ、そうじゃなくて……とにかく！　ルードは泊まる場所に困っているみたいだから家に案内しようと思って」

「な、なに!?　ジェニーの自宅にか!?　それはダメだ！」

「なんで！　私の家が一番大きいんだからそれが一番でしょ？」

なかった。

「い、いやだけど……」

バルンはぼそぼそと何かを呟くように言っていたが、それでもそれ以上の抵抗はしてこなかった。

とりあえず、村に入っていいんだよな……？

バルンがじっと睨みつけてくる中、俺はジェニーとともに村へと入っていった。

「ごめんなさい、ルード。彼は短気な部分があるので……」

「いや、大丈夫だ。旅をしていると、こういう経験もよくあるからな」

正確に言えば、冒険者として旅をしていると、だ。冒険者というのはがさつで野蛮な人が多いから争いごとなんて山のようにある。

「バルンは、村で数少ない冒険者なんだ。悪い子じゃないんだけど、たまーにあんな感じで突っかかっちゃうことがあるんだよね」

「……そうなんだな」

理由はわからないが、何かバルンを刺激することがあったのかもしれない。

村を歩いていくと、……なぜか戻ってきたという感覚になった。

恐らく、この村が持つ雰囲気がそう感じさせてくれたのだと思う。

村は長閑な雰囲気があり、まるでここだけ時間の流れが遅れているような感覚に陥らせてくれる。それは悪いことじゃない。

昔のアバンシアのような、懐かしい風景だ。

……口元が緩んできてしまうほどに落ち着いた村。

今のアバンシアも好きだけど、この独特の落ち着いた雰囲気がなくなってしまったのは少し残念でもあるんだよな。

「あそこが、私の家だよ」

ジェニーが指さした建物はこれまでに見てきたものよりも大きい。

「……大きいな。もしかして、ジェニーの家って村長、とか？」

「よくわかったね。私、村長の娘なんだ。ちなみに、村一番の冒険者もお父さんなんだよ。まあ、今は腰を痛めて動けないんだけどね」

どこか小馬鹿というか、呆れた調子で語るジェニー。

とはいえ、ジェニーの様子からは父への尊敬の気持ちも感じ取られ、親子の絆がしっかりと築かれているようだった。

「……へぇ、そうなのか」

ジェニーと共に村長の家に入ると、男性が現れた。

顔を見ると、部分的にジェニーの雰囲気が感じられる。……彼が、ジェニーの父ということで間違いはなさそうだ。

「ジェニー！　無事かぁ！」

腰を痛めない体勢なのか、少し腰を曲げた状態でジェニーの父が叫んだ。

「お父さん？　腰大丈夫なの？」

「大丈夫だ！　それよりもだ！　なんだその男は!?　まさかおまえの恋人か!?」

「ち、違うよ……こ、恋人って……そ、そう見えるのかなぁ？」

なぜ照れているんだ。

そんな反応をするものだから、ジェニーの父は完全に誤解してしまったようだ。

ジェニーの言葉に、男性は驚きと嬉しさが交錯した表情を浮かべる。

「な、何!?　結婚か!?　人間と結婚するのかぁ!?」

「ち、違うって！　森のオーガに襲われているところを助けてもらったんだよ！」

ジェニーが慌てて訂正してくれると、今度は驚愕といった顔でジェニーの父が目を見開いた。

青ざめた表情から、ただ事ではないことがよくわかる。

「森のオーガだと……!?　まさかとうとう森から出てきたのか……っ！　くっ、ぎっくり腰さえ治れば……オレが倒しにいくというのに……！」

「あっ、大丈夫だよ。ルードが倒してくれたから」

ジェニーがそう言うと、ジェニーの父は目をぱちくりとしてこちらを見てくる。

まるで、信じられないことでも聞いたかのような表情でしばらくこちらを見てきた彼

は、

「…………は？　お、オーガを？」

「うん」

「じぇ、ジェニーが弱らせていたとか？」

「……いや、私は何もしてないよ。いきなり攻撃されて必死に逃げてたんだから」

「……つまり、人間が？　一人で？」

どうやら、俺が倒したという事実がよほど信じられないようだ。

……魔界にいる人間って、あんまり強くないとかなのだろうか？

だとしたら、ジェニーの父がここまで信じない理由も納得できる。

ジェニーは頬を膨らませながら腰に手を当て、肯定するように深く頷いた。

「うん。ルード、強かったんだよ。ルード、ごめんなさい。この人、私のお父さんのジェイファンっていって……一応村長しているんだ。お父さん、ルード道に迷っていたみたいなんだけど、一日くらいここに泊めてもいいかな？」

「……お願い、できませんか？」

ジェニーに続いて、俺は頭を下げる。

もうすぐ夜になる。このまま、何も知らない土地をさまよいたくはない。

できれば宿を借りたいが……お金も持っていない。

……野宿でもいいが、せめて村内に泊めてもらえれば。

そんなことを考えていると、ジェニーの父は壊れたように呟（つぶや）いた。

「お、オーガを倒した……。そ、それはわかったが、娘と同じ部屋だと!?」

「いえ、別に余っている部屋があれば一日だけでも貸してもらえれば……」

「き、気が早いよお父さん……。ルード、子どもの名前どうしようか」

気が早いのはおまえもだ……。

俺は頬を引きつらせながら、ジェイファンさんに問いかける。

「部屋などがなくても……せめて村のどこかで休ませてはくれませんか？」

俺は譲歩した提案をすると、ジェイファンさんはまだ少し驚いた様子で頷く。

「い、いや……大丈夫だ。この家も部屋に余りがあるからな。……いずれ生まれてくるであろう子どもたちのためにな。おまえのような強い男は大歓迎さ。あいたたた……」

笑顔を浮かべたジェイファンさんだったが、途中で腰が再び悲鳴を上げたようで押さえている。

「無理をしないでください」

「……そうだな。長年の魔物との戦いが影響してこの体さ。ルードくん、君も気を付けたまえ」

「違うでしょ。階段で転んだんだよ」

「……」

「……」

俺たちの間に僅かな沈黙が生まれたあと、ジェイファンさんはやれやれと肩をすくめた。

「……まったく。素直というのも決していいことばかりではないな」

「なぜ嘘を吐いたんですか……」

「そのほうがほら、かっこいいだろ？」

まあ、確かに階段で痛めた、というよりは戦っているときに痛めたというほうが聞こえはいいけどさ。

「ひとまずは、こちらの村にて冒険者活動をしてくれる、というわけだね？」

「ええ、まあ。ただ、俺はタンクなので戦闘に関してはそこまでですけど……それでよければ」

「大歓迎さ！」

ジェイファンさんは笑顔とともに片手を差し出してきて、俺はそれを握り返した。

村の冒険者も足りないみたいだし、しばらくお世話になることも考えたら、ここは協力したほうがいいだろう。

……これでアモンが来るまではこの村で何とか衣食住は賄えそうだ。

ジェイファンさんの家に泊めてもらうことになった俺は、今は使っていないという二階にある部屋に案内された。

年季の入った床板が、歩くたびに軋(きし)みを上げる。

俺が案内された部屋はしばらく使っていなかったので、埃(ほこり)っぽくなってしまっていて、急いでジェニーとともに掃除をしていった。

「ジェニー、ありがとう。おかげさまで今日はゆっくり休めそうだ」

「それは良かった。そういえば……ルードって旅とかしてるんだよね？」

……さっき、村の入り口でそう話していたことを覚えていたようだ。

俺は苦笑を浮かべながら、頷(うなず)いた。

「……そう、だな。一応、仲間と一緒に動いていたんだけど、その仲間とはぐれちゃってな。道案内とかはすべて仲間に任せていたから、まるでわからなくてな」

「仲間って……森で別れちゃったとか？　だ、大丈夫？」

「ああ。あいつも強いから、大丈夫だ。それに俺より詳しいしな」

「そうなんだ。…………仲間って、もしかして女性とか？」

「ああ、よくわかったな」

「……匂い」

「え？」

「いや、なんでもないよ。気にしないでね」

彼女の突然の言葉に、何かが隠されているような気がしたが、気にしないでおこう。

世の中、気にしてはいけないこともたくさんあるからな。

深く考えないようにしていると、ジェニーが小首を傾げた。

「それじゃあルードは……仲間の人と合流するまでは村にいてくれるのかな？」

「……そうだな。ただ、仲間とは結構前にはぐれたから……ここで合流できるかどうかは少し心配なんだけどな」

……そもそも、アモンは今どこにいるのだろうか？

彼女も話していたが、まさか次元の狭間に迷い込んでしまっているとかは……ないよな？

アモンのことも心配だが……彼女は魔王だ。

もともと魔界で生活をしていたわけで、俺なんかよりもよほど詳しいだろう。

魔界にさえ来られていれば、俺よりは安全なはずだ。

「さっき、お父さんが無理やりにお願いしちゃってたけど……冒険者として活動してもら

って も大丈夫なの？」

「ああ、大丈夫だぞ。……人手、足りてないのか？」

「……うん。村には冒険者として戦える人が三人しかいないんだ。一応、そのうちの一人が私のお父さんで……あとは私とバルンのもう一人だけなんだよね」

「……そうなんだな。なんかこう、他から応援を呼ぶとか……村の自警団とかはないのか？」

「応援は一応お願いしてるんだけど、人手が足りないみたいで誰も来てくれないんだよね。一応、自警団もあるんだけど……冒険者ランクも低いし……」

「だとしたら、大変だよな……」

アバンシアの自警団だって、似たようなものだ。

俺の『犠牲の盾』を受ければ、多少は戦えるようになるけど……くらいのものだ。

「お父さんって支援系のスキルを持ってるから、それを使えば一応戦えるかな？　くらいなんだけど……肝心のお父さんが前線に出られないからねぇ」

「……それは、確かに由々しき事態だな」

「そうなんだ……だから、ルードがいてくれる間だけでも協力してくれたら嬉しいんだ」

「もちろんだ。俺も用事があるからずっとはいられないけど、お父さんの腰が早く治ってくれることを祈るしかないな」

「お、お義父さんだなんて……」

「……どうした？」

もじもじと体を揺するジェニーはなぜか頬を赤らめている。

問いかけると、彼女は慌てた様子で首を横に振った。

「な、なんでもないよ。凄い助かるよ、ありがとね！」

無償で宿を貸してもらうのだから、このくらいのことはこちらから提案するつもりだった。

……俺ができることはそのくらいだしな。

「ルードー！　冒険者登録はしたことないだろう？　今からするから一階に来てくれー！」

部屋の外からジェイファンさんのそんな声が響いてきた。

「もう、お父さんは気が早いんだから、行こっか」

「そうだな」

ジェニーとともに階段をおり、一階へと向かう。ジェイファンさんが、杖を支えに歩いている。

「お父さん、ちょっと無茶しないでよ？」

「い、いや……早いところ治さないと……魔物もどんどん現れているみたいだからな」

「もう……それで？　冒険者登録の準備だよね？」

「ああ。いつもの通り、ジェニー、頼む……」

「はいはーい。それじゃあちょっと準備してくるねー」

ジェニーはそう言ってから、奥のほうへと向かった。

その後ろ姿を見送っていると、ジェイファンさんがぽつりと呟いた。

「まず、ルード……冒険者というものについては知っているのか？」

一応知っていることは知っているが……人間界と魔界ではその運用方法なども違うかもしれない。

確認しておいたほうがいいだろう。

「簡単には聞いたことありますが……詳細はわかりません」

「そうか。まず、冒険者ギルドというのは――」

そこから、ジェイファンさんから冒険者ギルドについて話を聞かせてもらった。

成り立ちやその理由、などなど。細かな歴史についてはもちろん俺の知っているものとは違うが……それでも、根本的な部分は同じだ。

ただ、ちょっと違う部分もあった。

ランクはFからSランクまであるそうだ。……そういえば、人間界でもここ最近はAランク冒険者が増えてきたため、新しいランクを作ろうという話は上がっていた。

……それがSランク、なんだよな。

偶然、なんだろうか？　そんなことを考えていると、奥からジェニーが一つの水晶を持ってきた。

……あれは、外皮の量を調べるための測定機か？

昔、人間界で冒険者登録をしたときにも似たようなものを見たことがあった。

「なんだそれは？」

「ルード。これでルードの外皮や魔力を調べることができるんだ」

「……魔力もか」

人間界のものよりもちょっと便利かもしれない。

「そうだ。魔力と外皮、それらを合わせた数値がここに表示されるんだ。９９９９が測定の限界だが、まあ、魔王様でもなければ測定できる範囲さ」

ジェイファンさんがにこりと微笑み、それから俺の座るテーブルに水晶が置かれた。

俺がそれに手を当てると、水晶からすっと数値が浮かび上がった。

外皮の数値とスキルが表示される。……外皮の数値はまだ少しずつ増えていっていて、測定が終わるまでまだかかりそうだ。

「外皮はともかく、スキルは四つか。効果はわかるのか？」

「ええ、なんとなくは」

スキルの詳細がわからないのは魔界でも同じようだ。

軽くスキルについて話していたのだが、外皮の数値は今もどんどん増えていく。

その数値は９９９９で止まった……だが、そのあと数値がぶるぶると震え出し、数字がころころと入れ替わる。

「お、お父さん⁉　何これ⁉」

「ま、まさか……っ⁉　る、ルード⁉　君は魔力はともかく外皮の量はわかるだろう⁉　いくつあるんだ⁉」

「……９９９９、ですね」

「「９９９９⁉」」

ジェイファンさんとジェニーの声が驚きで重なる。

「え、ええ……そうですね」

「な、なんと……⁉　今すぐ手を放してくれ！　測定機が壊れてしまう！」

「あっ、は、はい」

俺は言われたままに測定機から手を離す。

俺たちの外皮は戦いで成長していくのだが、俺の場合これ以上は成長しないのだろうか？

人間の限界の外皮が９９９９だとすると、ちょっぴり俺はもったいない気がするのだが……。

「……もしかして、これだと正しく測定できないのか？」

俺がジェニーに問いかけると、彼女はにやりと微笑む。

「ふふ、こういうときのために、魔力専用の測定機もあるんだよ。主に、魔王様の測定を行うときに使うんだけどね。ちょっと、さっそく持ってくるね！」

ジェニーは驚いてこそいたが、どこか嬉しそうに駆けていった。

……魔力、か。

果たしてどれほどのものなのか、少し気になっていた。

魔力に関しては人間界では調べる手段がないからな。

少しわくわくしながら待っていると、すぐにジェニーは新しい水晶を持ってきた。

「それじゃあ、これで検査していこっか」

「まあ、魔力に関しては問題ないだろう。ただ、万が一異変を感じたときはすぐに手を放すようにな？」

「わかりました」

ジェイファンさんはさっきのこともあり少し警戒した様子で言ってくる。

期待の視線を感じながら、俺は水晶に手を当てる。

すぐに、水晶の上にぱっと文字が出現した。

その数値がどんどん増えていく。１０００、２０００、３０００……と数値が更新されるたび、ジェイファンさんが頬を引きつらせる。

「……お、多いな。実は人間のコスプレをしている魔族や魔人じゃないのか……？」

「いえ、れっきとした人間ですが……」

「ルード、凄(すご)いよっ。もうお父さんよりも多いよ！」

……魔力は、もうずっと使っているからこれだけ多いのだろうか？

そんなことを考えていると、やがて９９９９になり、それから、再び水晶が震え出す。

「……ま、さか……っ！　い、いや……こんなの、魔王様級じゃないか……っ!?　す、すぐに手を離してくれ！」

ジェイファンさんが慌てたように叫んできたので、俺は手を離した。

ジェイファンさんは信じられないものでも見るかのように見てきて、ジェニーは対照的に嬉しそうな目を作った。

「え、ルードって……魔王様だったの？」

「いや……そんなことはないが」

……まさか、ここまでだとは思っていなかった。

……ブライトクリスタルの効果もあるのだろうか？　もしそうだとしたらマニシアも同じくらいの力を持っているのかもしれない。

でも、俺は根本的に魔法を使う才能がないから……魔法に関して威力は上がってないよな。

ていうか、この魔力測定機を人間界に持ち帰りたいものだ。

「とりあえず……基本能力の測定はこれで終わりだな。あとは簡単にプロフィールを確認していくとして……名前はルード、男性で、今、誰の魔王様の管轄に入っているんだ？」

「……ん？　管轄、ですか？」

「ああ。基本的には領内にいる人たちが魔王様の管轄に入るな。生まれてすぐに魔王様の管轄に入るのだ」

「……なるほど。そうなんですね」

……ということは、俺の管轄はない、よな。

これって……もしかしてまずい？

近しい相手だとアモンの名前が浮かぶが、管轄に入っているわけはないよな。

「その、俺人里離れた場所で生まれて……特にそういう話を聞いたことはなかったんですけど」

「そうなると、管轄者がいない……のか。それは……我らの管轄の魔王様であるモー様に連絡をしなければならないが……」

「え？」

……ま、魔王への連絡だと？

それはまずい。

たぶんだが、俺のことは魔王も知っているはずだ。

……リービーのように何も考えていないのであればいいが、俺を嫌っている魔王だったら――。

確実に戦うことになる。

一人の状況で、魔王相手に勝つのは相当厳しいはずだ。

なんとしても、それを避けたい。

「……調べる方法ってないんですか？」

「触れればわかるから安心しろ。ルード、少し触れるぞ」

「は、はい……」

ジェイファンさんが俺の肩に手を当てる。そして、それから彼は眉を寄せた。

「……なんだ、アモン様の管轄じゃないか」

「え？」

「そうか。これなら問題ないな。まあ、アモン様今は人間界に迷宮を作って魔界のために色々と稼いでいるそうだが……いつ会ったんだ？」

「……それは――以前旅をしているときにそういえば、少し会いました」

あいつめ。

いつの間に俺を支配下に入れていたんだ……っ。

下手をすれば、クランメンバー全員管轄に入れているのではないだろうか？

脳内でブイサインを作っているアモンに拳を固めながらも、今は助かったから……ひとまず許そう。

「それはまた運がいいな。魔王様と会える機会なんてそうはないんだからな？」

「は、はは……」

「とにかく、これなら報告の必要もなさそうだな」

……本当に良かった。

ここで直接魔王と戦闘するようなことにならなくて……。

「……そういえば、皆さんも魔王様の管轄に入っているんですね」

「ああ。この領内はモー・デウスという魔王様の領内で。孤高の方であり、かなりの力を持っていてな。領内に現れた危険な魔物を一人で討伐してしまうほどの実力者でもある！」

「私も小さいころ北の街でモー・デウス様を見たことあるけど、可愛らしいけど、とても強い人なんだよ！」

「……そうなんですね」

とても慕われているんだな。

アモンとは大違い……とも思ったが、アモンももしかして魔界ではこんな感じでファンがたくさんいるのだろうか？

元魔王のグリードやヴァサゴも？

まあ、とにかくこれで魔王に俺の存在がバレることはなさそうで助かった。

友好的な魔王であれば、アモンの居場所やブライトクリスタルのことも教えてもらえるかもしれないが……わからないからな。

やはり、魔王と会うようなことはしないほうがいいだろう。

今はアモンとの合流を最優先だな。

「よし……これで、冒険者登録はひとまず終了だな」

「お父さん。ルードのランクってどのくらいなの？」

「そうだな……普通ならばFランクから始まるのだが、オーガを倒したという特例もあるからな……。それも一人でだろう？」

「うん」

「だとすれば、Bか下手をすればAランクくらいはあってもいいが……すまないな。私はCランクまでしか与える権限はないから、Cランクになる」

「いえ、大丈夫です」

た。

……別に魔界での冒険者ランクに拘りはない。

ジェイファンさんは一つの魔道具を持ってくると、すぐに冒険者カードを作成してくれた。

Cランクか。

人間界では冒険者カードの更新を一切していなかったので、こうして評価されるのは新鮮だ。

「気を付けるんだぞ、ルード。能力が高いとはいえ、思わぬところで足元をすくわれることもある」

「階段から落ちて怪我するような人もいるしね」

「……そうですね」

「……うぐぅ、おまえたちっ！」

ジェイファンさんは不満げに声を上げたが、俺とジェニーは顔を見合わせて苦笑した。

まあ、ジェイファンさんの言うことも理解できる。

能力があっても、使いこなせなければ意味がない。

それを俺は、一番よくわかっている。

初めて冒険者になったとき、外皮の量を先ほどのように測定されたのだが……俺はそれはもう注目を集めたものだ。

だが、この『犠牲の盾』と『生命変換』の使い方がわからなかったため、まあ外皮は凄いけど……みたいな感じの評価に落ち着いてしまった。

……今も、似たような状況ではあるよな。

『犠牲の盾』と『生命変換』はヒーラーありきなところがある。

今はニンなどの回復魔法が使える人がいないため、この二つのスキルにはあまり期待できない。

そうなると、俺の攻撃手段は……魔気纏いになるな。

いい機会だ。一人で戦う必要のある今のうちに、魔気纏いをさらに使いこなせるようにしておこう。

使いこなせるようになれば、ネイス魔石鉱の攻略だって難しくないはずだ。

ネイス魔石鉱か。

……そういえば、ジェニーたちのような一般人もブライトクリスタルなどは知っているのだろうか。

「とりあえず、登録はこれでいいとして、ルード。何か質問はあるか？」

「その、冒険者とは関係ないんですけど、少し気になることがありまして」

「ああ、なんでもいいぞ？」

「……ブライトクリスタルって聞いたことありますか？」

「え？　ああ、知っているぞ？　魔王様たちが身につけられているものだよな？」

「そうです。それって、ネイス魔石鉱で手に入ると聞きましたが、ここから近いんですか？」

俺の純粋な問いかけに、二人は顔を見合わせる。

それから苦笑を浮かべた。

「いや、あまり近くはないが、遠くもないな。とはいえ、一般人は入れないぞ？」

それは、アモンから聞いていた通りだな。

「やっぱり、そうなんですね。ブライトクリスタルを手に入れたら、強くなれると聞いていたんですけど」

「確かに、強くはなれるが……そもそも今ネイス魔石鉱はかなり危険な状態でな。おいそれと一般人が入っては、死にいたる可能性もある。魔王様たちでさえ、今はブライトクリスタルを手に入れられないくらい危険な状態らしいからな」

「そうなんですね。いやあ、もしも手に入れられるなら欲しかったです」

……ネイス魔石鉱、まだまだ行けそうにないな。

アモンに無理して魔界の門を開いてもらったのは俺だし、凄い申し訳がないよな……。

いつかアモンと再会したら好きなものをたらふく奢ってやろう。

「まあ、多くの人にとっては無関係の代物だよ。ルード強いんだし気にしないで！」

「そうそう。あとは、本物かどうかわからないが闇オークションに出回っているとかなんとか聞くが、まあ金もかかるし怪しい代物だからな。手を出さないほうがいい」

「そうですか」

……確かに、大金叩(はた)いて不良品を掴(つか)まされたら絶望なんてものじゃないな。

「まあ、ひとまず、冒険者登録も終わったんだ。明日からいくつか仕事もこなしてもらいたいし、今日はもう食事をして、休みにしよう」

「わかりました」

「それじゃあ、私夕飯作ってくるね」

「俺も手伝うから、何かあれば言ってくれ」

「了解！　初めての……共同作業だね……」

「え？　ああ、まあそうではあるな？」

ジェニーの様子が少し変だったが、俺は首を傾(かし)げながら頷(うなず)いた。

第三十四話　村の冒険者

次の日の朝。

鳥のさえずりが心地よく耳に届く中、俺はすっかり日課になっていた魔力の使用訓練をしていた。

オーガとの戦闘では何とか使いこなせたが、それでもまだ片腕だけだ。

……逆に言えば、片腕だけでもあれほどの力となる。

完全に使いこなせるようになれば、より多くの人を守れるはずだ。

しばらく訓練をしてから、家へと戻り、ジェニーが用意してくれた朝食を頂く。

朝食を終えたところで、ジェイファンさんと向かい合うように座り、俺は今日の予定について聞くことになった。

「まず、依頼を受けてもらう前に一応村の戦力などについて話しておこう」

「ジェニーから簡単に聞いていますがあまり戦える人はいない、と」

「そうだ。自警団もいるにはいるが……あまり、戦力として期待できない状況だ。それでいて、ここ最近は森から村まで魔物が来ることもあってな。ポーションとかも使いまくってどうにか対処していてな……今、村の薬草やポーションの備蓄がないんだ」

「そうなんですね。だから、昨日ジェニーが森にいたんですか？」

「そういうことだ。ジェニーはかなり隠密行動が得意でな。……ただ、それもオーガほどの魔物には見破られてしまったようなんだ。オレは、危険だから止めたんだがな……」

……そういうことか。

ジェニーの性格を考えると、村の危機ともなれば多少危険でも動いてしまいそうだよな。

「今いる冒険者は、オレ、ジェニー、バルンの三人だ。ジェニーは森のゴブリン程度なら問題なく倒せるが、バルンはまだまだ未熟だ。……そういうわけで、ルードはジェニーを連れて薬草の採取に行ってくれないか？　薬草がある場所はジェニーが熟知しているから……多少足手まといになるかもしれないが、いいか？」

「わかりました」

「ありがとう。それじゃあ、準備を整えて向かってくれ」

ほっとしたように息を吐いたジェイファンさんに頷き、俺は大盾と剣を取りに部屋へと戻った。

準備といってもそれくらいだ。

装備を整えた俺が一階へ向かうと、同じく装備に身を包んでいるジェニーがいた。

「あっ、ルード。準備完了？」

「ああ。そっちも大丈夫か？」

「もちろん！　それじゃ、行こっか」

「はい」

俺はジェニーとともに家を出た。外に出ると、明るい日差しに目を細める。

風がそっと吹き抜け、とても心地よい。

そうして村を歩いていき、門が見えてきたところで、見張りをしていた自警団の男性に声をかけられた。

「お、その人が確か昨日ジェニーを助けたルードくんかい？」

村というのは噂が広まりやすいが、それはどうやら魔界でも同じようだ。

「そうだよ。しばらく村で冒険者として活動してくれるんだって」

「初めまして、ルードと申します」

ジェニーの紹介に合わせ、俺はぺこりと頭を下げる。

すると自警団の男性も笑顔を浮かべた。

「これはこれは、丁寧な人だ。ジェイファンが怪我をしてしまって今村はかなり大変な状況だったからね。ありがたいことだよ」

「いえ、気にしないでください。こちらも宿や食事などを用意してもらっていますから」

そんな風に談笑をしていたときだった。

「おい」

その男性の奥で控えていたバルンが声をかけてきた。

「ちょっとバルン？　そういう態度はダメでしょ？」

「……う、うるさい！　おまえ、何者なんだよ!?」

俺の存在に不機嫌そうな態度を示すバルン。

ひとまず……どう答えればいいかと迷い、

「ルードだ。よろしく」

「そうじゃねぇ！　ああ、くそ！　とにかくだ！　オレはEランク冒険者なんだ！　てめぇの先輩なんだからな。ちゃんと敬――」

そうバルンが口を開いたときだった。先ほどの男性がきっと睨み、拳骨を落とした。

「こらバルン！　そんな口の利き方をするんじゃない！　すまないねぇ、ルードくん」

「いぎ!?　い、いってぇなオヤジ！」

まさかの一撃だったのだろう。

バルンは驚きの表情を浮かべながら男性を睨む。

しかし、自警団の男性は頭から押さえ込むように力を入れる。

この人、バルンの父親なのか。

バルンの父がしばらく押さえ込もうとしていたが、バルンのほうが強いようで、すぐにそれを弾くようにして逃れた。

がるる、と唸り声を上げながらこちらを睨むバルンに、男性は小さく息を吐いた。

「まったく……ルードくん、悪いね。バルンはなぜかルードくんにライバル意識を感じているみたいでね」

「そうなんですね」

……まあ、冒険者同士の競争心というのはよくあるものだ。

例えば、冒険者として同じ時期に登録した相手――いわゆる同期というのはどうしても意識してしまうものだ。

場合によっては悪感情に繋がることもあるようで、少なくとも俺は自分の外皮を測ったときなどはそれはもう色々と嫉妬されたものだ。

……まあ、使いこなせないスキルなども発覚して、嫉妬から嘲笑に変わったのだが。

理不尽に嫉妬され、理不尽に嘲笑される経験をしたことがあったので、バルンくらいのものは別に気にはならなかった。

それに、明らかに俺より若い。……十五歳くらいだろうか？

魔族、魔人の年齢はアテにならないので断言はできないし、年齢を聞くのは相手によっては失礼に当たるから聞かないが……そんな若い子にライバル意識を持たれてもな。

大人なら、そのくらいは余裕で受け流すものだ。

「いきなり……Cランクなんて！　オレはぜってぇ認めないからな！」

バルンは引きずられるようにして連れられていきながらも、最後にそう言い残していった。

「あっ、ルード。ごめんね……バルン生意気だけどいつもはもうちょっと落ち着いているんだけど、なんだか今凄く気がたってるみたいなんだ」

「いや、大丈夫だ。気にしてないから」

「そうなんだ……ルード、かっこいい……」

ジェニーはキラキラとした目でこちらを見てきたが、ひとまず俺は彼女とともに村を出て森へと向かった。

森に入ったところで、すぐに俺たちは薬草を探していく。

「薬草がいつもたくさん生えているのはこの辺なんだけど……ゴブリンたちがいるね」

ジェニーは薬草の生えている地点を覚えているようだ。まずは一番近くに案内してもらったのだが……ジェニーの言う通り先客がいる。

まあでも、ちょうど良かった。

確認してみたいことがあったので、聞いてみよう。

「この森のゴブリンってなんか前に戦ったものよりも強いと思ったんだけど、この辺りだと普通なのか？」

「ううん。この森のゴブリンたちはちょっと特殊な個体みたいだよ。結構強いよね……私も、一対一なら問題ないけど……ああやって複数いるとちょっと大変なんだよね」

魔界でも特殊なんだな。

あれがこの世界の最低レベルだとしたら、魔界の人たちの能力を見直す必要があったからな。

「そうか。でも、倒さないとな」

ゴブリンたちは薬草を採取しようとしている。

ゴブリンという種族が厄介なのは下手な魔物よりも知能があるからだ。

人間の行動を真似し、武器を作ったり薬草で傷を治療したり……。

何より、ここで薬草を持っていかれると、回収できる量が減ってしまうからな。

「……私、気配消すの得意なんだよね。背後から奇襲仕掛けよっか？」

「それなら……俺は一応、タンクだし、魔物たちを引き付けるから、ジェニーが倒していってくれるか？」

「了解！　それじゃあ……行ってくるね！」

ジェニーがそう言うと、彼女の体がすっと消えた……ように錯覚した。

ちゃんと目の前にいるのだが、意識しないとそこにいないかのように存在感が希薄になっている。

「あのオーガはその状態を見破ったんだな」

「……そうなんだよ。私、これがあるから森でいつも一人で活動してるんだけど、やっぱりこの森の魔物たちもネイス魔石鉱みたいになってきちゃったのかも」

ジェニーの言葉が微かな風とともに響いた。

凶暴化、みたいな感じか。

ジェニーがゴブリンたちの背後をとれる位置についたところで、俺は表に出る。

こちらに気づいたゴブリンたちが不機嫌そうに鳴き、持っていた棍棒（こんぼう）を構える。

今さら使わずとも十分俺に注目は集まっていたが、俺は『挑発』を使用した。

その瞬間、ゴブリンたちの目の色が変わる。それまでの理性的なものから、理性を失ったかのように見開かれる。

「ガアアア！」

感情の制御ができなくなったかのような雄たけびを上げる。

同時に、こちらへと飛びかかってきたが、大盾で受け止める。

その体を突き飛ばすように力を入れると、ゴブリンは体勢を崩した。

俺はゴブリンに集中しながらも視界の端でジェニーが巧みに切り裂いていく様子を確認していく。

彼女の動きは流麗で、凛とした美しさがある。

……それにゴブリンの一体が気づいたが、俺はすぐに『挑発』で注意を引き戻す。

問題ないな。ゴブリンをジェニーに捌いてもらいつつ、俺も最後の一体は剣で斬り裂いて仕留めた。

やはり、仲間がいると動きやすい。

戦闘を終えたところで、俺は何やら驚いた様子のジェニーに近づいた。

「どうしたんだ？」

「……いや、そのなんだかいつもよりも動きやすいと思って」

「ああ。俺のスキルだろうな」

「え？　強化とかもできるの!?」

「ああ。ただ、もしもジェニーが攻撃を受けたら俺の外皮が傷つけられるから、無茶はしないでくれ。気づいたら外皮を失ってたとかもあるからな……」

「わ、わかったよ……っ。でも、凄いねルードのスキル……」

ジェニーの驚きと尊敬のまなざしが俺に向けられる。

……そう褒められると嬉しい部分もある。

こうしてスキルを説明できることは、俺にとっても初めての経験だ。

俺たちはすぐに薬草の採取を行っていく。薬草特有の匂いが木々を揺らす風によって運ばれてくる。

その匂いや、この作業に懐かしい気持ちになっていた。

……冒険者として、駆け出しの頃とかを思い出すな。

回収した薬草をアイテムポーチへと入れたところで、ジェニーが口を開いた。

「それじゃあ、次の地点に行こっか」

「そうだな」

そうして、何か所かある採取ポイントを巡り、俺たちは村へと戻っていった。


「おっ、戻ってきたか」

ジェイファンさんの家へと戻ると、笑顔とともに声をかけられる。

「なんだよ……何しに行ってたんだよ」

ジェイファンさんの近くには、バルンの姿もあった。

彼も冒険者だし、何かジェイファンさんに相談していたのかもしれない。

そして、相変わらず俺に対しての視線は厳しい。

「薬草採取だよ。ほら、お父さん。ちゃんと採ってこれたよ！」

　そう言って、ジェニーがアイテムポーチから薬草をどばどばと出していき、ジェイファンさんが驚いたように目を見開いた。

「おお⁉　こんなにか⁉」

「うん。ルードとなら、森の魔物とも問題なく戦えたんだ。本当、すごいよルード！」

　自信に満ちた笑顔で腰に手を当てるジェニーに、ジェイファンさんも笑みをこぼした。

「さすがルードだな」

「まあ、俺はタンクだから。敵の攻撃を引きつけることだけは任せてくれ」

「……」

　そう答えると、こちらをじっと見てくるバルンの視線に気づいた。

　どこか、つまらなそうにこちらを見ている。

　……どうすればいいだろうか。

　バルンの視線が、何かを言いたそうな様子だった。しかし、彼が沈黙を破ることはなく、

「ひとまず、ルードがいれば問題はないな」

　ほっとしたような顔でジェイファンさんが口を開いた。最初に出会ったときよりも表情が穏やかなのは、それだけ村の危機的状況を心配していたのかもしれない。

　彼の心労を取り除けたかもしれないと思うと、俺としても嬉しく思う。

ただ、ジェイファンさんはすぐに表情を引き締めなおした。

「とはいえ、だ。……今どうにも北の街のほうが大変みたいでな」

「なにかあったんですか？」

「それが、なんでも、街近くでジェネラルオーガが確認されたらしくてな。討伐のために魔王様に依頼をしているところだそうだ。なかなかギルドから援軍が来ないと思っていたら、どうやらギルドではジェネラルオーガの対応にバタバタしているようなんだ」

「……ジェネラルオーガ、ですか。でも魔王様が動いているなら問題はないですよね」

「いや……魔王様も忙しいからな。他にも魔物の討伐依頼は山ほどあるだろうし、順番に対応していくから……いつになることやら。ジェネラルオーガが街を狙っている間はいいが、万が一村に来たら問題だからな……。特に皆は警戒を強めてくれ」

「わかりました」

ジェネラルオーガ、か。

以前戦った、オーガよりもさらに強いだろう。

万が一、村に来た場合は……俺一人で戦うしかないよな。

魔王様には早いところ討伐に動いてもらいたいところだな。

しばらくそんな生活が続いた。

ここでの生活は、色々と忘れていたことを思い出させられる。

初心者冒険者として活動していたときのあれやそれやを思い出しながら、俺は様々な依頼を達成していき――。

「ルードのおかげで本当に助かったぞ！　オレもだいぶ動けるようになってきたしな！」

ジェイファンさんは笑顔とともに声を上げた。

……確かに最近のジェイファンさんは日常生活ならば問題ない程度には回復していた。

その成果をジェイファンさんが喜ぶ姿を見ることができて、俺も嬉しさが込み上げる。

しかし、ジェニーはどうやら思うところがあるようで頬を膨らませている。

「治ってきたからって無理はしないでね？　それで悪化して、また動けなくなったら問題なんだから」

「わかっているさ。今はルードがいるから大丈夫だしな」

「もう……ルードも色々と手伝ってもらってごめんね？　……それにしても、お仲間さんもなかなか来ないね」

「もしかしたら、別の村や街に行っちゃってるのかもしれないな」

そもそも、アモンが俺の居場所を特定する手段もないのかもしれない。

「村や街、か。……だが、この辺ではぐれたのだろう？　ならば、北の街か、この村くらいしか行く当てはないと思うんだがな……」

「それなら、北の街に行っちゃったかもしれないですね」

苦笑しながらも、俺は少し悩んでいた。

この村で得られる情報はすでに得た。

……ひとまず、ジェイファンさんの腰が治ったら、北の街に行くのもありかもしれない。

魔王の一人が暮らしている街のようだが、それでも結構規模の大きな街らしく、情報は色々と入ってくるはずだ。

それに、もしかしたらアモンはネイス魔石鉱で待っている可能性もある。

俺の居場所がわからないとなれば、目的地で待つという可能性もあるだろう。

「北の街か。魔王様も忙しいみたいだし、今はジェネラルオーガも道中のどこかに潜んでいて危険だから……ま、まだ村に残っていたほうがいいぞ？」

「……そうですね」

ジェイファンさんの引き留めに苦笑しながら、俺は頷いた。

俺としても、中途半端なところで投げ出すつもりはなかった。

その日の夜。

……なんだ、騒がしいな。

体を起こし、部屋から出て階段を下りていく。

見ると、魔石を松明のようにつけた明かりを持っている村の人とジェニーが話していた。

その人はバルンの父だ。

彼は背中に薄暗い影を背負い、表情には深い悲しみが浮かんでいた。

隣に立つ女性も涙を堪えるような表情で、バルンの父の腕をしっかりと握っていた。

「……え？　バルンがまだ戻っていないの？」

「ああ……部屋に置いてある武器もなくてな……いつものように村長の家の庭にでも行っていたのかと思っていたけど、来てもいないのか……」

ジェニーの質問にバルンの父は苦しそうな表情で答えた。

「武器を持ってって……まさか村の外に出たとか？」

ジェニーが慌てた様子で問いかけると、バルンの父は険しい表情を浮かべる。

「門番の人も見てないみたいだけど……居眠りしていたから、よくわからないって……」

そんな話をしていると、ジェイファンさんが寝間着姿で現れた。

眠そうな顔ではいたが全員で事情を話すと、すぐに真剣な表情に変わった。

「……バルンは、村を出て狩りに行った可能性があるな」

「なんだと⁉」

バルンの父が絶望的な表情で叫んだ。

「実は最近……バルンは魔物を討伐する依頼をやりたいとずっとうるさくてな。だが、最近は魔物も凶暴化していて危険だからな。ルードたちとともに、という話であればということは話したんだが、それがどうにも気に入らないようでな。何度もごねていたんだ。……だから、隙を見て村の外に出て魔物と戦おう……としている可能性もなくはない」

「……それじゃあ、森に行っているかもしれないってこと⁉」

「……森かどうかはわからないが、村の外に出ている可能性は、ある」

……それはまずい。

バルンも決して能力が低いわけではないが、それでも森で魔物に囲まれればどうなるかわからない。

俺はすぐにジェニーへ視線を向けてから声を上げる。

「すぐ探しに行こう。ジェニーも手伝ってくれ」

「わかったよ！」

俺は最悪を想像し、部屋へと装備を取りに戻る。

そうしてジェニーとともに一階へと戻ると、ジェイファンさんがこちらを見てきた。

「……頼む、ルード」

「お願いしますルードさん……っ！　愚かな息子ですけど、大事な息子なんです……っ」

ジェイファンさんに続き、バルンの父と母が、あまりにも心を痛める表情でこちらを見つめている。その悲しみに応えるように、俺は彼らに力強く頷いた。

「安心してください。必ず連れて戻りますから」

涙している二人に……俺は希望の言葉を伝えた。

……冒険者として、冷静な判断をすれば『必ず』なんて言葉は使えない。しかし、ここで希望を失わせるようなことを伝えたくはなかった。

バルンの父と母に、少しでも安心感を与えることが今の俺に求められていたことだろう。

……まったく。

バルンめ。

こんないい人たちを悲しませるなんて、あとで叱る必要がありそうだ。

「今夜、ジェネラルオーガの討伐に魔王様たちが動いている。……大丈夫だとは思うが、万が一遭遇したらすぐに逃げるんだ」

ジェイファンさんの真剣な表情に、俺は小さく頷いた。

……いざというときは、本当に決断するべきだ。

村の周囲の様子を窺ったが、特に人も魔物も気配は感じなかった。

恐ろしいまでの静寂だった。

……それが、嵐の前の静けさ、でなければいいのだが。

これだけ魔物がいないとなれば、やはりバルンは森に向かった可能性が高い。

そう判断した俺たちは森へと来ていた。昼は落ち着いた場所だと思っていた森だが、

ジェニーが松明代わりに持ってきた魔石のおかげで視界は確保されているが、それでも

木々の間から差し込む月明りが生み出す影が、不気味に広がっていた。

かなり暗い。

「バルン……どこにいるんだろう。ゴブリンとかを討伐しにきたんだったら、森の入り口

近くだと思うんだけど」

「……そうだな」

バルンを探すため、周囲の魔力を感知していたときだった。

背筋が凍るような禍々しい魔力が感じられた。

……凄まじい魔力だ。

森の中に、まだこんな魔物が潜んでいたのか。こいつが、近くに来ているから……村の近くはあんなに静かだったのだろうか？

それはジェニーも感じとったようで、がたがたと震え始めた。

「な、なにこの魔物？」

「……やばい魔物が森の奥から出てきているな。早いところ、バルンを見つけないと――」

「ちょ、ちょっと待ってルード！　この魔力、バルンのものだよ！」

「……なんだって？　この禍々しい魔力が……？」

「あっ、違う。それに追われているめちゃくちゃちっちゃい奴だよ！」

ジェニーの指摘に、もう一度魔力を調べてみる。

……確かに、禍々しい魔力に追われている何かがいる。

小さな魔力であり、最初は気づかなかったが確かに、何かある。

「早く、助けに行くぞ！」

「う、うん！」

俺はジェニーとともに森を駆けていく。

幸い、その禍々しい魔力のおかげか、近くに魔物の姿はない。

そうして一気にバルンのほうへと走っていくと、見つけた。

「じぇ、ジェネラルオーガ……っ」

ジェニーが驚きの声を上げる。恐怖の入り混じった彼女の言葉に呼応するように、ジェネラルオーガは咆哮を上げた。

「ガアアアア！」

剛腕が周囲の木々を薙ぎ払い、衝撃に弾かれたようにバルンがこちらに吹き飛ばされてきた。

顔面真っ青で涙目のバルンだったが、こちらに気づくと驚いたように目を見開いた。

「バルン！」

「……な、なんでてめぇこんなところに……っ」

「何馬鹿なことしてるの!?　皆心配して探しにきたんだよ!?」

ジェニーが怒りと心配の声をバルンにぶつけると、

「ガアアアア！」

大地を揺るがすほどの雄たけびをジェネラルオーガが上げる。

それが終わると、ぎろりとこちらを睨みつける。

バルンとジェニーはその睨みに完全に怯んでいた。ジェネラルオーガはそちらを狙うように、地面を蹴り近づき、拳を振り抜いた。

だが、その攻撃を許すつもりはない。

両者の間に割って入り、大盾で受け止める。

しかし、俺は大盾を構えてその攻撃を受け止める。

ジェネラルオーガの拳が空を切り裂くように振り下ろされる。

拳と盾がぶつかる音が響き、その衝撃が俺の身体を揺らした。

ジェニーとバルンは……震えてしまって戦えるような状況ではないな。

「……ジェニー、バルン。すぐ村に戻ってこのことを報告できるか？」

「……で、でもルードは!?」

「大丈夫だ。……それに、誰かがいると全力が出せなくてな」

俺は少しでもジェニーとバルンを安心させるために笑顔を浮かべ、彼らに帰るよう促した。

ジェニーの判断は……早い。ここにいては足手まといになると判断したようで、すぐに頷き、バルンの背中を励ますように叩いて二人は走り出す。

逃げようとした二人を見て、ジェネラルオーガが追おうとしたが、それに『挑発』を放って注意をこちらに向けた。

ジェネラルオーガの獰猛な目が俺に向けられる。

その視線は殺意に満ちていて、さすがに震えそうになったが……少しだけ笑みもこぼれていた。

……正直言って、一人で勝てるかどうかは不安がある。

さっきの攻撃を受け止めたとき、あまりの力に外皮を少し削られてしまっているしな。

万が一のとき、ジェニーとバルンがここにいては……全員がやられてしまう。

……それに、ジェニーたちが村に戻り、このことが魔王様とやらに伝われば――助けてもらえるかもしれないからな。

その後で、どうなるかはわからないが。

ジェネラルオーガは背負っていた斧を手に持つと、こちらをじっと睨みつけてきた。

……どうやらバルンを追っていたときは手加減していたようだ。遊びの気分だったのかもしれない。

ジェネラルオーガは地面を蹴りつける。飛び掛かってきたジェネラルオーガに合わせ、魔力で身体能力を強化する。

振り下ろされた斧に大盾を合わせ、持てる力をぶつけ合う。

俺とジェネラルオーガの力がぶつかり合い、その衝撃波が周囲の空気を乱し、木々を揺らした。

俺たちは一瞬、力の均衡が保たれていたが、俺が力を込めるとジェネラルオーガの体がよろめく。

その隙を逃さず、俺は斧の刃をかわして突進し、剣を振り下ろした。しかし、ジェネラルオーガの魔力によって身を守られ、剣は彼の鎧に傷一つつけることなく撥ね返された。

「くっ……！」

向こうも硬さには自信があるというわけか。

僅かに笑みを浮かべたジェネラルオーガが斧を振りぬいてくる。

それをしゃがんでかわす。

「ガアア！」

連続の攻撃を大盾と剣で受けていく。

……十分、対応できるな。

ジェネラルオーガの攻撃を弾き飛ばすが、力はほぼ互角。

そう思った次の瞬間だった。

ジェネラルオーガの体から魔力が溢れあがり、俺のほうへと斧を振り回してきた。

「くっ⁉」

受け止めた瞬間、弾かれそうになった。

……急激に能力を強化してきやがった。

互角と思っていたが、まだまだジェネラルオーガの限界は先にあるようだ。

振りぬかれた一撃に弾かれた俺はすぐに体勢を立て直す。

同時に魔気纏(まと)いで、右腕にのみ装甲を展開する。

顔を上げると、眼前にジェネラルオーガが迫っていた。

振り抜かれた斧をかわすと、俺の背後の木々が吹き飛んだ。

どんな衝撃だ……。

攻撃のタイミングに合わせて魔力を膨張させ、爆発させることで……その攻撃を可能にしているというところか。

「ガアアア！」

ジェネラルオーガに斧を振り下ろされ、大盾で受けとめる。同時に、爆発したかのような衝撃に襲われ、弾かれる。

……俺の大盾はかなり頑丈なほうだが、こう何度も受け止めていてはさすがに持たないぞ。

ただ、攻撃をかわしきれるほど俺に機動力はない。

魔気纏いの状態で、今の俺だとジェネラルオーガと互角、か。

あまり、長く戦闘をするのは厳しい。

じわじわと状況が悪化している。

……やはり、アタッカーがいないタンクは厳しいな。

ここにニンたちの誰か一人でもいれば、俺が受け続ければ勝てるのに。

——やはりやるしかないか。

ジェネラルオーガの猛攻に押され気味な俺は、ゆっくりと魔力を高めていく。

……これまでは、万が一暴走してしまってもアモンが押さえてくれた。

だが、今ここにアモンはいない。

まさか、実戦で……いきなりこの技を使うことになるとはな。

一気に片付けにきたジェネラルオーガが斧を振り上げた瞬間だった。

「……ッ！」

ジェネラルオーガは慌てた様子で後方へ跳んだ。

どうやら、俺の変化に気づいたようだ。

——魔気纏（まと）い。

全身を具現化した魔力の鎧（よろい）で固めた俺は、じろりとジェネラルオーガを見る。

——そのまま、攻撃してくれれば仕留められたんだけどな。

地面を蹴りつけ、ジェネラルオーガの眼前へと移動する。同時に振り抜いた剣はジェネラルオーガの肌を切り裂いた。

魔力の鎧を貫通した一撃に、ジェネラルオーガの表情が険しくなる。

俺の剣なら、十分受けきれると思っていたのだろう。

焦りが出てきたようだ。

僅かに大振りとなった斧が迫る。

剣で斧と撃ち合う。魔力の爆発による攻撃は、うまくかわしながら捌けるものだけを捌いていく。

ジェネラルオーガはなんとかして俺の剣を破壊しようとしてきて、力が籠もっていく。

だからこそ、奴は俺が持っていた大盾への意識が薄れてゆく。

完全に俺の大盾への意識がなくなったその瞬間。

俺はジェネラルオーガの一撃を大盾で受け止め、同時に『生命変換』を発動する。

それまでに削っていた外皮のダメージがそのままジェネラルオーガへと放たれる。

吹き飛んだジェネラルオーガだったが、その目に狂気が宿る。

「ガアアアア！」

死を間近にしたゆえの、発狂。

自身の命さえも削るようなほどの魔力が溢れかえり、こちらへと飛びかかってくる。

俺はその振り抜かれた一撃をかわしながら、自分の外皮を魔力で削っていく。

そして――。

ジェネラルオーガの大振りの一撃の後、９０００ほどの外皮を消費した『生命変換』とともに大盾で殴り飛ばした。

ジェネラルオーガはよろよろと体を起こしたが、俺はその頭を掴み、何度も地面に叩きつける。

しかし、これなら『生命変換』を無理に使う必要もなさそうだ。

――破壊する。すべてを。

――足りない。

――もっと、もっとだ。

近づいている魔力反応たちに、視線を向ける。

ずらりと並ぶ見覚えのない人たち。

次に破壊する者たちの存在が現れた――

――いや、違う。

俺は小さく息を吐き、それから心の中に懸命に思い浮かべる。

アモンとの訓練で何度も言われていた。俺が暴走から戻ってきたときのように、心に強く大事なものを浮かべろと。

それはもちろん、マニシアだ。

マニシアの笑顔。

色々な角度から微笑みかけるマニシアを思い浮かべ、俺は大きく深呼吸をして魔力を抑えていく。

マニシアを助けるために、俺はここにいるんだ。

こんなところで暴走するわけにはいかない。

大きく息を吐きながら、俺は全身の疲労感とともに改めて集まってきた武装している人たちを見る。

……そこには、今にも泣き出しそうなジェニーの姿があった。どうやらジェニーたちが彼らを案内してくれたようだ。

武装した者たちと……ひときわ大きな魔力反応が一つ。

「ルードっ。良かった、無事で……」

「ジェニー、その人たちは？」

絞り出すように吐き出して問いかけると、

「こ、この方は魔王様の一人、モー・デウス様です」

やはり、そうだったか。

半ば、確信めいたものがあった。

これまでに出会ってきた魔王たちとどこか魔力の質が似ていたからだ。

今にも消え入りそうな水色の美しい髪、少女、といってもおかしくはないような容姿。

その小さな体に見合わない物騒なほどに大きな大剣を持つ彼女を、じっと見る。

普通の少女、として見るにはあまりにも違う。

耳の後ろの辺りからすっと湾曲して伸びた角。

その背中から伸びた黒い翼。

そして、なんといっても……対面していると圧倒されるような強烈な魔力。

そんな彼女はじっと、こちらを冷静に見ていた。

魔王様、か。

できるのならば会いたくはなかったが……こうなってしまっては仕方ない。

俺はまだ疲労感の残る体をできる限り落ち着かせるように呼吸をする。

……何かあったときは、逃走しよう。

そんなことを考えていると、彼女との視線が交差する。

彼女の目には、普段の少女とは異なる強さが宿っている。

それが、魔王としての威厳や力なのかもしれない。

少女の肩には小さな緑色のドラゴンも乗っていて、何やら興味深そうにこちらを観察していた。

「あなたが、そのジェネラルオーガを一人で倒したってことでいい？」

口調は丁寧だが、どうにも軽い。

そんなモーの言葉に、俺は小さく頷いた。

「……そうですね」

相手は魔王様、だからな。俺もあくまで魔界の一市民として、丁寧に接しておいたほうがいいだろう。

「へぇ……そうなんだ。やるじゃん」

にやり、と口元が緩んだ。

……まさか、この子もマリウスと同じように戦闘狂か？

このまま攻撃を仕掛けられでもしたらどうしようかと思っていたが、モーは振り返り、自身の兵たちに向けて叫んだ。

「それじゃあ、目的の魔物はもう討伐されてるからこれで終わりでオッケーってことで。そこのジェネラルオーガの死体は運ぶ必要があるから、あと任せるから」

モーが兵士たちにそう言うと、彼らはすぐに行動を開始する。

……ジェネラルオーガは迷宮の魔物ではなかったようで、死体はしっかり残っている。もともとは森に生息していたのだろうか？　今となってはもう何もわからないな。

「あなた、名前は？」

モーは上目遣い気味にこちらを見てくる。

俺は本名を名乗るか少し困ったが、偽名を使うとジェニーに怪しまれるだけだろう。

「ルードです」

「ルード……ルード……」

モーはぽつぽつと俺の名前を確かめるように呟(つぶや)いていた。

モーの近くにいた兵士たちは特に反応はない。

……大丈夫だろうか？

しかし、モーの俺を観察するような視線はたえず続いている。

若干の居心地の悪さを覚えていると、

「そっか。へぇ……なるほどね。とりあえず、村まで戻ろっか」

乗り切った、とは思えない。

彼女のどこか楽しげな微笑(ほほえ)みは、まるで俺のことを知っているかのようにも見える。

……まだまだ、気を抜くわけにはいかなそうだった。

無事ジェネラルオーガとの戦闘を終えた俺は、モーとジェニーとともに村へと戻ってきた。

俺たちを出迎えるように現れた村の人たちは、片膝をつくようにしてモーへとお辞儀をしている。

……それがこの魔界での基本的な作法なのだろうか？　人間界にも似たようなものはあったが……すでに俺って、モーに対してかなり失礼な態度をとってしまっていたのではないだろうか？

今更、仕方ないか。

村の人たちを見ていると、バルンの姿もあった。

両親に挟まれる形でいた彼と目が合うと、バルンは申し訳なさそうに目を伏せていた。

色々と言いたいことはあったが、随分と両親に怒られたのだろう。目は赤く腫れあがっていて、涙を流していたことが窺える。

もう十分痛い目は見ただろうし、俺から追加で叱りつける必要はないか。

ジェニーが案内するままに、ジェイファンさんの家へと向かう。

玄関にいたジェイファンさんがずっと頭を下げると、モーが片手でそれを制した。

「腰を悪くしているとは聞いてるから。無理しなくていいよ、別に」

「……ありがとうございます。ルードを助けていただいて、本当にありがとうございます」

「気にしなくていいから。てか、ジェネラルオーガはルードが一人で倒してたし、私たち何もしてないから」

「そ、そうだったのですか」

驚いた様子でジェイファンさんはこちらを見てくる。

さすがに、俺一人で討伐できるとはジェイファンさんも考えていなかったようだ。

「それで、ジェネラルオーガとの戦いについて、具体的な話をルードに聞きたいと思ってんだけど……ルードの部屋とか借りてもいい？」

「ええ、問題ございません」

「了解。そんじゃルード。ちょっと二人で話するよ」

じっとモーがこちらを見てきて、俺はこくりと頷（うなず）いた。

とりあえず、敵意は感じないし……大丈夫だろう。

モーとともに部屋へと入ったところで、彼女は軽く伸びをしてから大きく息を吐いた。

「はーっ、つっかれたー。てか、ルード。そんな堅苦しくしなくていいし」

「……いえ、そういうわけには」

「別に魔界の礼儀に従う必要もないっしょ？」

やはり、俺の正体に気づいていたか。

「何のことでしょうか？」

「だって、人間界の人でしょ？　アモンの配下の。一応自己紹介しておこっか。あーしは、モー・デウス。そんで、こっちの子はフォレストドラゴンのフォーちゃん」

「ふぉー！」

肩に乗っていた小さなドラゴンが前足を軽く上げる。

「俺はさっきも名乗ったけど、ルードだ。それに、アモンの配下になった覚えはないけどな」

「そーなん？　この前の魔王会議でアモンが自慢してたし。じゃあ、あれアモンの嘘ってこと？」

「嘘というか……そもそも配下とかそういうのもよくわからなくてな。なんか勝手に配下にさせられているみたいだけど」

「まあ、別に特別何かあるわけじゃないし。てか配下じゃないって、じゃあどうして魔界に来てるの？　旅行？」

「……そんな楽しい理由じゃなくてな」

「じゃあ、どんな理由なの？」

正直に言っていいものなんだろうか？

色々と考えたが、結局特に他の理由は思いつかなかったので、そのまま伝えることにした。

「ブライトクリスタルって、知っているか？」

「もちろん知ってるし。それがどうしたの？」

「俺が魔界に来たのはそれが目的なんだ」

「え？　でも、ここネイス魔石鉱からめっちゃ遠いけど？　来る場所間違えてない？」

それは……まあ、色々とあってな。

俺の返答に、モーは考えるように顎に手をやる。

それから、彼女は納得した様子で頷いた。

「最近魔界に来たんでしょ？　今じゃ人間界とも距離があるから、それで失敗した、と」

「……まあな」

同じ魔王だし、調べようとすればすぐにわかるか。

「それじゃあアモンと一緒に来たんだ？」

「ああ」

「そのアモンはいないようだけど、はぐれた感じね。なるほど。それなら、あーしがネイス魔石鉱に案内してあげよっか？」

「本当か？」

「もちろん、ただじゃないけど」

「……なんだ？」

相手は魔王だ。要求される内容も相当なものではないだろうか？

とはいえ、今頼れるのは彼女しかいない。唾を飲み込み、彼女の返答を待つ。

「あーし、頼れる部下がいないんだよね。だから、しばらく魔物狩りとか手伝ってくんな

い？」

「……魔物狩りを？」

「そうそう。あーしって魔王としてあちこち無茶な魔物討伐に駆り出されてるの。今回みたいにね。もう人手が足りなすぎて足りなすぎて……そこでルードに協力してほしいってわけ。どう？」

「……期間は？」

「まあ、一週間くらい？　あーしのやる気次第？」

「やる気出してくれるのか？」

「ルードが手伝ってくれるなら、まあやってやろうじゃんって感じ？　ちょうど今色々と立て込んでて、それが終わったら案内してあげてもいーよ。ルードの活躍次第ではもっと早く終わるかも？」

一週間、か。

それならば、悪い話ではないかもしれない。

このままこの村に残り続けても、アモンとの再会はいつになることやら。

それならば、モーが協力的ならば、彼女に頼ってしまうほうが早いはずだ。

「でも、いいのか？　俺はこれまで色々と魔王と戦ってきてるんだぞ？」

「いや別に。あーしの仕事減らせればそんなに嬉しいことないって。どうする？　手伝ってくれんの？」

「わかった。ただ……今この村にはロクに戦える人間がいないんだ。最低限、村を守れるように手配してもらうことはできないか？」

「そんなんでいいなら喜んで。何人か兵士を残してけばいけるっしょ」

「……ああ、頼む」

ジェニーやジェイファンさんには借りがあるからな。

このまま無視していきたくはなかった。


モーとの話はそれで終わり、彼女は家を出ていった。

モーたちは村にテントを張り、明日の朝出発となるそうだ。

俺は一階へと降りて、モーとの話に関してジェニーとジェイファンさんに報告した。

「え？　凄(すご)いルード！」

「……そうだな。それに、モー様に村の護衛までお願いするなんて……ありがとうルード」

二人は嬉しそうにしてくれていた。

ひとまず、これで村の問題は大丈夫だろう。

そう考えていると、扉がノックされた。

ジェニーが扉を開けに行くと、バルンとその両親が上がってきた。

三人の視線は俺の顔を見て止まった。

俺に用事があるのは明白だ。

俺が三人を迎えるように席から立つと、すっと頭を下げてきた。

「すみません、ルードさん……バルンが迷惑をかけてしまって……」

「本当に、本当にありがとうございました……！」

「……すみませんでした」

バルンが小さな声とともに、謝罪の言葉を口にした。

「バルン」

名前を呼ぶと、彼は小さく顔を上げた。

かなり怯(おび)えているな。苦笑とともに、俺は彼へ話をする。

「色々と俺に対して思うところがあったのはわかるが、無茶はするんじゃない」

「……はい」

「おまえには、これだけ心配してくれている人がいるんだ。そんな人たちを悲しませないようにな」

「……はい」

「俺からはそれだけだ。まだまだ強くなれるんだ。焦らず、しっかりと鍛えて……大事な人たちを守れるようにな」

「は、はい……っ！」

俺がそう言ってから皆を見ると、改めて三人は頭を下げ家を去っていった。

「すまないな、ルード。オレのほうからも、バルンには改めて冒険者としての心構えを教え込むからな」

「そうしてください」

彼らがいれば、バルンは大丈夫だろう。

話し合いも終わり、俺は部屋へと戻り、明日の朝のために準備を進める。

といっても、荷物というほどの荷物はない。

窓の外へと視線を向け、お世話になった村の景色を記憶に焼き付けていると、部屋がノックされた。

「誰だ？」

「ジェニーだよ、入っていい？」

「ああ、大丈夫だ」

声をかけると、彼女が微笑とともに入ってきた。

俺の隣に並ぶように立った彼女はそれから、苦笑を浮かべた。

「もう……村を出て行っちゃうんだよね」

「そうだな。悪い、あんまり村の力になれなくて」

「いやいや、すっごい助かったよ！　もう、ルードいなかったら色々終わってたから！

……本当にありがとね」

「……それなら、良かった」

短い時間ではあったが、そう言ってもらえて嬉しい限りだ。

しばらく俺たちは静かに窓の外を眺めていたのだが、静寂を破るようにジェニーの声が響く。

「ルード」

「ん？」

名前を呼ばれそちらに視線を向けると、彼女は少し照れた様子でこちらを見ていた。

「そ、そのえーと…………ま、また用事が終わったら、いつか村に来てね！」

何か、彼女は他に伝えたいことがあったように感じたが、その内容までは予想できなかった。

でもまあ、また村に戻って来られる機会があれば、いつかまた来たい。

「もちろんだ。そのときまでに、ジェイファンさんの腰もちゃんと治っててくれればいいんだけどな」

「ほんとに！　そ、それじゃあルード！　モー様のところでも頑張ってね！」

「……ああ」

ジェニーは頬を赤らめながら、部屋を去っていった。

魔界に来て最初に出会えたのが彼女で本当に良かった。

俺は心の中で改めて村の皆に感謝を伝えてから、眠りについた。

第三十五話　魔王モー・デウス

次の日の朝。

俺はモーとともに同じ馬車で北の街に向かうことになった。

「それじゃあね、ルード」

ひらひらとジェニーが手を振ると、ジェイファンさんが苦笑とともにこちらを見る。

「ルードなら大丈夫だと思うが、モー様の迷惑にならないように気を付けるんだぞ」

「ルードさん、頑張ってください！」

バルンが丁寧な言葉遣いで叫んでいた。

俺は皆に別れの挨拶をしてから、モーとともに馬車へと乗り込んだ。

この馬車には俺とモーとフォーちゃんしかいない。

フォーちゃんはかなり人懐こいようで、俺のほうに飛んできて膝の上に乗っていた。

動き出した馬車の中で、モーは窓の外へと視線を向け村を見ていた。

村の人たちは俺たちの姿が見えなくなるまで手を振っていて、俺も軽く手を振り返してから、視線を向ける。

モーは、どこかつまらなそうに外の様子を眺めていた。

「ああいうの、嫌じゃない？」

「……嫌、というか照れくさい部分はあるな」

「ふーん。それじゃあーしと根本的に違うね」

「モーは嫌なのか？」

俺の問いかけに彼女は笑顔で頷（うなず）いた。

「大嫌い。期待とかされるの凄（すご）い嫌だし。ま、でもその負担が減るかもってことでルードに期待してんだけど」

「どういうことだ？」

「色々、街に着いたらわかるよ」

モーはそう言ってから小さく息を吐いて窓の外を見る。

……何やら、モーは色々と大変そうな感じだな。

気にはなったが、あまり話したくなさそうな様子なので俺も問いかけることはしなかった。

「街まではどのくらいかかるんだ？」

「そんなに遠くないから、昼頃には着くはず。来るときはジェネラルオーガ探しながらだったから時間かかったけど、今はそういうのもいないし」

「ジェネラルオーガといえば、魔王様っていうのは魔物の討伐とかも任されるんだな」

「まあね。魔王って力あるっしょ？　一般人が倒せないような魔物の退治は全部あーしのところに来る感じ。滅茶苦茶大変なんだよね、これが」

「……大変そうだな。仕事も溜まっているんだろ？」

「そうそう。最近じゃあ魔物も凶暴化しててほんと迷惑。もうちょっと手を抜いてほしいっての」

「俺もわりとそういう依頼はよく受けるからな……大変だよな」

「でしょ？　ルードは今魔界にいるけど、そういう依頼とか大丈夫なの？　溜まってんじゃない？」

「まあ、村にいる仲間たちがどうにかしてくれてると思う」

「へぇ、強い仲間がいるんだ。羨ましい」

「まあな。俺がいなくても、皆ならなんとかなると思うよ」

「つまり、その人たちと一緒に魔王と戦ったって感じ？　頼れるような強い人がいて、羨ましいねほんと」

モーの仕事の様子からして、あまり彼女の部下には強い人はいないのかもしれない。

本気で羨ましそうに見てくる彼女に、苦笑を返す。

しばらく雑談をしていると、窓の外に街の外壁が見えてきた。

……遠目からでもわかるほどに、大きな街だ。

「あそこが、モーが暮らしている街なのか？」

「そう。街に入ったら、窓から顔を出さないようにねー。まあ、面倒くさくなってもいいならいいけど」

「……なんでだ？」

「まあ、見てればわかるから」

面倒そうにモーは息を吐いてから、表情を少し変えた。

真面目な顔を作ったあと、笑顔になり、それからこちらを見る。

「どう？　今のあーし、結構いい感じに笑えてない？」

「まあ、笑えてはいるけど……それがどうしたんだ？」

「そんじゃあまあ、演技開始ってことで」

何やらモーは気合いを入れているが、俺は完全に置いていかれた気分である。

やがて馬車は門を通り過ぎていった。

モーは自分が座っている側の窓のカーテンを開け、窓を開けた。

それから、彼女は先ほど作った微笑を顔に貼り付けたまま外を見る。

次の瞬間だった。

「モー様！　よくぞご無事で戻ってきてくださいました！」

「モー様！　今回もありがとうございます！」

「これからも頑張ってください！」

民衆たちの声に反応して手を振っていくモー。

俺はその向かいに座っているのだが、民衆からは見えないようになっている。

外の景色ははっきりとは見えないが……空気が震えるほどの歓声が響いているあたり、恐らくかなりの人出なのだろう。

モーが人々に手を振っている姿はまるで凱旋のようなものであり、俺は先ほどモーと話していた内容を思い出す。

人々の期待とか嫌いって言っていたな。

笑顔を必死に貼り付けているのもきっとそうなんだろう。

モーの対応はしばらく続いていたが、だんだんと静かになっていく。

窓のカーテンを閉めたモーはそれまでの微笑を気だるそうなものに変えると、

「だる」

ただ一言、そう言った。

……さっきまで、人々に笑顔を振りまいていた彼女はもういない。

モーは窓枠のところに肘をつき、つまらなそうに頬を膨らませている。

「こういうのは嫌いなんだな」

「そういうこと。期待とかって嫌じゃない？」

「……まあ、大変ではあるな」

「大変大変。そんで、あーしが失敗したらあいつら手のひら返してくるに決まってんじゃん。そういうのマジで勘弁してほしいんだよね」

「そうとも限らないんじゃないか？」

「いや絶対そうだし。少なくとも、あーしが逆の立場なら、『は？　あーしたちの税金で食ってるくせに何失敗してんの？』って感じだし」

「もちろん、非難する人もいるかもしれないけど、そればかりじゃないんじゃないか？」

モーの意見にも理解できる部分はあるが、それがすべてではないはずだ。

「そんなことないから。皆は魔王に完璧な強さを求めてんだから。魔物を討伐できなくなったら終わりって皆絶対そう言うから」

そういうものなのだろうか？

確かに、魔王の実力なら問題なく達成できることのほうが多いだろうが、そこまで過剰に期待されてしまうのだろうか。

しばらくして、馬車が止まり、俺たちは庭へと降りた。

……大きな屋敷だ。ここがモーが暮らしている場所か。

建物へと入っていくと、執事の装いをした老人がモーを見て、それから意外そうにこちらを見てきた。

「モー様。男の方をお連れになるとはお珍しいですね」

「別にいーでしょ。ルードはあーしの近衛兵だから。ジーヤ。あーしの部屋近くに案内してあげて」

「承知しました。ルード様。どうぞこちらへ」

「……はい」

俺の立場って近衛兵なんだな。

ジーヤ、と呼ばれた男性のあとを追っていく。

「こちらをお使いください。その隣がモー様の私室になりますので、何かあったときはすぐに駆け付けるようお願いします」

「わかりました」

執事はすっと礼をしてから、去っていった。

俺は案内された部屋へと入り、中を見渡した。

普通より、少し豪華な部屋ではあるが特別、何かあるわけではない。

人間界の一般的な貴族の屋敷、という感じだ。

持ってきた大盾と剣は……どうしようかと少し考える。

屋敷内で魔物に襲われることはないだろうが、一応相手は魔王だしなぁ。

でも、装備品を身に着けたままでは、警戒していると思われるよな？

……剣だけは身に着けておいて、大盾はひとまず部屋に置こうか。

そんなことを考えていると、部屋の扉が開けられた。

見れば、着替えを終えたモーがそこにいた。彼女は数枚の紙を持っていて、こちらに見せてくる。

「ルード、早速仕事の依頼がいくつかあったんだけど、どう？　行けるっしょ？」

「……まあ、そういう約束で来ているわけだしな。モーも手伝ってくれるんだろ？」

「えー、あーしも行くとかだるいんだけど」

「俺だって、別にそんなに戦えるわけじゃないんだからな？」

「ジェネラルオーガボコボコにしてたじゃん。いけるいける」

「あれは……たまたまだ。それで、どんな依頼なんだ？」

「ほら、見てみ」

すっとモーが依頼書を差し出してくる。

書かれていた内容について確認していた俺は、小さく息を吐いた。

「……ヘルゴブリン、ワークスネイク、パワードウルフか。こいつらは強いのか？」

「討伐するにはAランクくらいの冒険者が複数は必要って感じ。ちなみに、うちの街にそんな戦力はいないから」

「……だから、全部モーのところに来るんだな」

「そういうこと。今回は街の近くだし、さくっと行ってさくっと帰りたいし……ルード、準備して」

「了解だ」

「ふぉー！」

どうやらフォーちゃんも来るようだ。やる気に満ちた様子のフォーちゃんが俺の前に飛んできたので頭を撫でてから、大盾を手に持った。

街近くにある大岩近くに、ヘルゴブリンの姿はあった。

紫の肌を持つ彼らは五体で行動していて、どいつも凶悪そうな顔つきをしている。

対して俺たちも兵士を含めれば十人ほどいるのだが、彼らはそこまでの戦力ではないそうだ。

戦いは、恐らく俺とモーの二人になるだろう。

モーは背負っていた大剣の柄へと手を伸ばしてから、

「それじゃ、ルード。あと任せていい？」

「……道中も話しただろ。俺はタンクだから、どちらかというと敵を引き付けるほうを担当させてくれ」

「んじゃ、ルードに注目が集まったところであーしで、いい？」

こくりと頷く。

まだこちらに気づいていないヘルゴブリンたちへ、俺は近づいていく。

じりじりと近づいていたのだが、ヘルゴブリンのうちの一体がぴくりと反応した。

俺の姿に気づいたヘルゴブリンは、すぐに口角を吊り上げ、飛び掛かってくる。

「キシャアア！」

「シャアア！」

「ブオオ！」

それぞれ、不気味な叫びとともに攻撃を仕掛けてくるのだが……かなり速い。

高ランク冒険者でないと討伐が困難というのは確かなようだ。

まずは俺以外に注目がいかないよう、『挑発』で注目を集める。

ヘルゴブリンたちは同時に仕掛けてきたが、守ることに徹すれば十分対応可能だ。

すべての攻撃を受け切った俺は、力強く大盾を振りぬき、一体のヘルゴブリンをよろめかせる。

そのチャンスを、モーは見逃さない。

地面を蹴ったと思ったら、一瞬で距離を縮め、ヘルゴブリンの首へ大剣を振り下ろした。

断末魔さえも上げる暇のない一撃は、さすが魔王という感覚だ。

消えない死体を見ながら、俺は残りの四体も同じようにして足止めをし、モーが倒しやすいように一体ずつを送っていく。

途中途中で『挑発』を挟めば、ヘルゴブリンたちの注目も俺に向いたままだ。

そこから殲滅まで、そう時間はかからなかった。

「……まじ？」

戦闘が終わったところで、モーがぽつりとそんなことを呟いていた。

「どうしたんだ？」

「いや、滅茶苦茶楽だし。なんか、ルードあーしに支援魔法とか使ってた？」

「俺のスキルで強化されてたんだろうな」

「え、どんなスキルよ？」

それから俺が自分のスキルについて説明すると、モーは嬉しそうに目を見開く。

「それめっちゃ便利じゃん。あーしが怪我しないようにだけしていればずっといつもよりパワーアップしてるってことっしょ？」

「まあ、大きなダメージじゃなければ俺の外皮で受けられるから、そんなには気にするなよ」

「大丈夫大丈夫。さっきみたいに引きつけてくれてるなら、攻撃食らうこともないから」

そんな話をしながら兵士たちの元へと戻ると、彼らも驚いた様子だった。

「……本当にあの人間、かなり強いな」

「これで、この街も安泰だな」

「モー様もいい人を見つけたものだ」

兵士たちはうんうんと頷(うなず)いていたが、彼らももっと力をつければモーも楽できるんだけどなぁ。

俺だって助っ人のようなものだ。

一時的にモーに協力するだけであり、今抱えている問題が片付けば街を離れることになる。

次の目標であるワークスネイクを探しに行ったところで、モーが問いかけてきた。

「ルードは今アモンの配下にいると思うんだけど、今後はあーしの配下にしておくからね」

「……別に、特には何もないいんだろ？」

「何もないけど、魔王会議のときに配下の頑張りを自慢できるし。いいでしょ？」

「まあ、別にいいけど。アモンが何か言ってくるんじゃないか？」

「大丈夫大丈夫。第一、アモンは最近迷宮も増やしたみたいだし、そっちのほうで儲(もう)けもあるんだし、配下の一人や二人くらいもらってもいいでしょ」

「へぇ……アモンいつの間にか迷宮増やしたんだな」

「アバンシア迷宮って場所らしいよ。ルードも知らなかったんだ」

おい。

アバンシア迷宮を完全に我がものとしているじゃないか。

……まあ、マリウスは別に魔王ではないらしいから別にいいのかもしれない。

特に、最近じゃアモンに色々押しつけているしな。

「ルードは、いつまで魔界にいるつもりなの？　てか、ずっといてくれない？」

「……さすがにな。ブライトクリスタルが手に入ったら帰るつもりだ。……あんまりここにいてもな」

魔界には魔界の人たちの秩序があるわけだ。

人間の俺がそれを乱すようなことはしないほうがいいだろう。

……まあ、魔界出身の魔王たちが人間界で色々やらかしているので今更気にする必要もないのかもしれないが。

「そうなったら、また一人じゃん。滅茶苦茶大変じゃん……」

「……誰かこう、才能ある人を鍛えるとかはできないものなのか？」

「いや、無理無理。魔界の人とか、魔王が討伐するの前提で考えている人ばっかりだし」

……そういうものなんだな。

背後に同行している兵士たちは今も緊張感なく、談笑を楽しんでいる。

それらを見ると、少しもやっとするものがないわけではなかった。

そうして、モーに同行して魔物たちを仕留めていった。

モーの能力は非常に高く、俺が『挑発』を使って魔物の注目を集めれば、サクサクと仕留めていくことができた。

「モー様、さすがです……！」

「やはり、モー様しかいませんな！」

「ルード様も、中々でしたね。モー様を引き続き守ってくださいね！」

「お二人がいれば、さらに強い魔物が来ても問題ありませんな！」

今回の依頼をすべて達成した帰り道、兵士たちは拍手とともに俺たちを褒めたたえていた。

とはいえ、兵士たちも何もしていないわけではない。

道中の弱い魔物たちとの戦闘は、彼らに任せていたわけだからな。

ただ、確かにモーの仕事量に比べると物足りなさを覚えてしまう。

屋敷に着き、俺は部屋へと戻った。

程よい疲労感だ。

戦闘時間よりも移動時間のほうが長かったので、そちらで疲れた感じだ。

ただ、今日くらいの魔物であれば、すぐに終わりそうではある。

シャワーを浴びて汗を流し、夕食を済ませてから部屋へと戻る。

用意してもらった簡素な服に袖を通した俺が部屋のベッドで休んでいると、ノックと同時に扉が開けられた。

モーだ。……ノックと同時に開けられたら意味がないような気がするが。

体を起こし、ベッドに座るような形で彼女を見る。

「今、暇？」

「ああ、暇だけど。まさかこれから仕事じゃないよな？」

「安心していいよ。あってもあーしが行きたくないし」

それは確かに安心できる言葉だった。

そんなモーは俺の隣に座ってきた。ふわりと何やら良い香りが鼻腔(びこう)をくすぐる。彼女もシャワーを浴びてきたようだ。

「今日、ほんと助かった。マジ感謝」

「それは良かったよ。でも、モーもかなり強かったし、案外どうにかなったんじゃないか？」

「どうにかはもちろんできるけどさ。でも、ルードがいるかどうかで時間効率が段違いだったってのはマジじゃん」

「……まあ、そうかもしれないけどな」

確かに、うまく連係して仕留められていたと思う。

「ほんと、ルードをスカウトできて良かった。これで面倒な魔王の仕事もちょっとはラクになるって話」

「そんなに魔王嫌なんだな」

「そもそも魔王をやりたくてやってるわけじゃないし。勝手に押し付けられたって感じなんだよ」

「押し付けられた感じ？」

　こくり、とモーは頷いた。

　……というと、席が余ったからとかじゃないのだろうか？

　アモンがリービーを推薦したのとは違うのだろうか？

「魔王っていうのは基本的に不老不死、死んでもまたどこかで新しく生まれ変われるっていうのは知っている感じ？」

「……あー、前にアモンがそんな話をしていたな」

「それなんだけど、半分正解で半分間違いなんだよね。力を剥奪された魔王や、力を継承した魔王っていうのはその魔王としての不老不死の力を失うんだよね」

「そうなのか」

「そそ。そういうわけで、あーしはお父さんから魔王の力を引き継いだってわけ。お父さんの体がもうボロボロだったみたいだからね。また不老不死の力で蘇ることもできるわけだけど、それだと記憶とかもなくなるし」

「その選択はしなかった、ってことか」

「まあ、お父さんももう魔王は嫌だったんじゃない？　それを娘に押し付けるって最低だよね。そんで、いきなり継承させられたあーしは、は？　って感じ。いきなり魔王としてこの領の安全を守れとか意味わかんないし。こっちはアモンと一緒で人間界に迷宮でも作ってのんびりするつもりだったわけだしね」

「のんびりって……アモンもわりと大変そう……だ、ぞ」

アモンだって色々頑張っているんだぞ、とフォローしようとしたのだが、脳裏に浮かんだ彼女は食事を頬張っている姿ばかりだったので、何とも断言できなかった。

「いやまあ、大変なこともあるのはわかるよ？　でもそれでもかなり自由にできるのも確かっしょ？」

「……そうだな」

かなり……自由だな。

日頃のアモンを見ていると、彼女の言い分もわからないではない。

「だから、あーしはこういうのが嫌ってわけ」

「……そうか」

確かに、モーが市民や兵士から寄せられていた期待の数々は少し異常なくらいだ。

もう少し、自分たちでもどうにかしようという考えを持ってほしいものだ。

「そういうわけでここからはビジネスの話。ルードはいくら払ったらあーしの正式な近衛兵になってくれんの？」

「それは、無理だ」

「え？　あーしが払える金額じゃ無理ってこと？　舐めんな。結構いけるよあーし」

「そういうわけじゃなくてな……単純に、俺もモーと同じような立場だからな」

「あーしと？　つまりルードも人間界じゃ領主様……みたいな？」

「……領主、まではいかないけど俺も村を守っていてな。色々とあるんだよ」

短期的に村を離れることはできても、長期は難しいだろう。

そりゃあ、何かあればモーの手伝いもしてあげたい気持ちはあるが、魔界と人間界では安定して行き来もできないようだしな。

残念そうにモーは肩を落とす。

「そっか……ルードも色々ある、と」

「……そうだな」

「でも……どうにかしてルードがこの魔界に残りたい、と思えば話は別っしょ？」

「それは……どうだろうな」

そもそも、魔界に残るつもりはあまりないというか……。

そんなことを考えていると、モーはばしっと自身の胸を叩いた。

「魔界に残りたくなるような秘策は、魔物との戦闘中に考えておいたから任せて」

「……いや、任せてって別に俺は頼んでいないんだが」

「つまり、愛する人ができればいいってことっしょ？　ルードをメロメロに誘惑すればいいってことで、任せて」

「話聞いてるか？」

「まずは押し倒して……と」

「まずというか、それはもう最終手段だろう……っ」

僅かな恥ずかしさを感じながら、俺は迫ってきたモーの両肩を掴み、押さえる。

彼女もまた魔王であり、力はかなりのものだったが……その抵抗はしばらくしてなくなる。

「もしかして、あーしに興味ない感じ？」

「いや、そういうわけじゃなくてな……そういうのは、無理やりどうこうとかして縛り付けるものじゃないだろう？」

「まあでも、やることやってから始まるものもあるっしょ？」

「……無駄に男らしさを発揮しないでくれ。とにかく、しばらくは仕事を手伝うんだ。変なことするようなら、それもなかったことにするけど、いいか？」

「ちょっ、それはずるいって！」

モーが頬を膨らませて睨んでくるので、俺もその目を見つめ返す。

「そういうわけだ。……だからまあ、変なことはしないでくれ。いいな？」

「むー、わかった。まあ、でも変なことじゃなければいいってことでしょ？」

「……いいってわけじゃないが、まあ変なことしないでくれるならそれでいいけど」

「了解。それじゃあ、色々考えてみるね」

「いや、考えなくてもいいからって……もう行っちゃった……」

俺の返事を聞く前に、モーは部屋を飛び出していた。

大丈夫、だろうか……？

少なくとも、寝るときなどはもう少し警戒したほうがよさそうだ。


次の日。

昨日と同じように強い魔物の討伐をしていく予定なのだが……。

朝……部屋の扉が開けられた気配を感じ取った俺はぱちりと目を開いた。

ゆっくりとそちらへ視線を向けると、パジャマ姿のモーがいた。

何をしに来たのだろうか。……緊急の用事ではないように見えた次の瞬間、彼女が俺のベッドへと近づいてくる。

こちらに入ってこようとしたので、すぐさま起き上がりがしりと肩を掴んで押さえた。

「まさか……気づかれるなんて、やるじゃんルード」

「どういうことだ」

そこでお互い力を込め合う。

なぜ寝起きと同時に筋力トレーニングをしなければならないんだ……！

「なんで、ここにいるんだ？」

「昨日話していた通りに決まってるっしょ。愛しい人ができれば魔界に残ってくれるはずじゃん？」

「それで……部屋に押しかけてきた、と？」

「夜這いってやつ？　いや、朝這い？」

「言い方はどっちでもいいんだけど、とにかく部屋に戻れ」

「むー、この作戦は失敗……と。それじゃあ次の作戦を考えないとね」

ふむふむとモーは何か考えるように頷いてから、部屋を去っていった。

まったく……朝からなんだというんだ。

ちょうど起きようと思っていた時間だから良かったものの、モーは何を考えているのやら。

これがメロメロ作戦の一つだとでもいうのだろうか？　なぜこうもすべて最終手段のよ

うなものばかりなんだ。

　ひとまず、いつもの服に着替えた俺は、それから部屋を出た。

　食堂へと向かい、朝食が準備されるのを待っていると、ジーヤが食堂へと入ってくる。

　視線をそちらへ向けた瞬間、ジーヤの隣にはメイド服姿のモーがいた。

「お待たせー、どう似合う？」

「似合ってはいるけど……どうしたんだ？」

「いや、男を落とすならこれしかないとジーヤが言ってたから着てみたんだけど、いい感じじゃない？」

「これで世の男は虜になるはずです」

「……俺は別にそこまで興味ありませんが」

　マニシアのメイド服ならば心動いたかもしれないが。

「なんと……っ!?　ジーヤはメイドを見るためだけに、執事になったというのにですか!?」

　そんな志望理由は聞きたくなかった。

「どう？　メロメロになったっしょ？」

　モーが近づいて聞いてくる。正直に言えばまったくもって心情の変化はないが、このまま続けられても困るし今は頷いておこうか。

「ああ、なったから食事にしないか？」

「え？　魔界に残ってくれるってこと？」

「いや、それはまた別の話でな……」

「むー、とりあえず朝食食べることに関しては同意。ほら、持ってくるから」

モーはジーヤとともに食堂の奥へと行くと、食事が乗せられたプレートを運んできた。

そして、俺の前に置くと、彼女は隣に座り、すっとお辞儀をする。

「それじゃあ、これから食べさせていくからね」

そう言って、彼女はすぐにスプーンで一口分をとるとこちらに差し出してきた。

食べさせてもらうとか、マニシアにしてもらったことはあるがこれはそれとは別の恥ずかしさがある。

「いや、別に。自分で食べられるから、大丈夫だから」

「いやいや、メロメロになるまでダメだから。はい、あーん」

「……」

どうしようか。

アモン助けに来てくれ……。

心の中で願うが、まったく反応がなく、だんだんとモーのスプーンが近づいてくる。

「おっとー、このまま口を開かないと熱々のスープがルードの頬を襲うかも」

「……やめろ」

モーのスプーンが止まることはない。

だんだんと近づいてきて……このまま頬に当てられて外皮を削られたらたまったものじゃない。

俺は仕方なく、それを受け入れて一口食べる。

うん……美味しい。

「どう？　もしかしてメロメロになった？」

「……なってない」

「マジ？　……やっぱり惚れ薬でも使うしかない？」

「俺はそういう類の攻撃は効かないからな」

「えー……手ごわいなー、じゃあどうすればいい？」

「別に……そこまでしなくても、たまにでいいなら力くらい貸すぞ？」

魔界と人間界が近づいたとき。そのときくらいでいいならいくらでも力を貸すことはできる。

しかし、俺の提案にモーは首を横に振った。

「いや、たまにじゃダメだって。今も毎日のように仕事が増えていくんだから」

「……もう少し、領民に仕事を分担させることはできないのか？」

「魔王様がそんな姿を見せたらダメダメ」

「……この姿はいいのか？」

魔王がメイドの恰好をして給仕をしているというのもそれはそれで威厳に関わると思うのだが。

「今はルードと少しの使用人くらいしかいないし。最悪口封じすれば大丈夫っしょ」

その最悪は実行しないようにな……。

これではまるで領民の奴隷じゃないか。

魔王様、というのはこういうものなのだろうか？

アモンやリービーはどうなのだろうか？　彼女らだって、管理している領の一つや二つはあるはずだ。

特にアモンはかなりの年齢みたいだし、経験豊富だろう。

何か、いい案の一つや二つ持っていそうなものだが。

合流できたら、色々と相談してみるのもありかもしれない。

そんなことを考えながら、食事をとり、装備を整えてモーとともに庭へと向かう。

昨日同様、今日も領内の問題解決をしていかないとな。

「今日は少し離れたところで魔物たちを討伐していく予定なんだけど、大丈夫そう？」

「まあ、別に俺は大丈夫だ」

「それは頼もしい限り」

ぐっと親指を立てたモーに、苦笑を返す。

彼女もすでに自慢の大剣を背負っていて、フォーちゃんもぷかぷかと俺のほうに飛んできて甘えてくる。

軽く体を撫でてやりながら、俺はモーたちとともに馬車へと乗り込んだ。

それからこの前街へ戻ってきたように街中を走っていく。

モーはまたあのときのように貼り付けた笑顔とともに観衆へと手を振っている。

……大変だよな。

それは人々の姿が見えなくなるまで続き、門を抜けたところでカーテンを閉じてモーはため息をついた。

「……だる」

「……ふぉー」

フォーちゃんもご主人様を真似するようにため息をついている。

これはフォーちゃんの将来にも影響しそうである。

「またそれか」

「滅茶苦茶だるいから。必死に笑顔作ってるの、どんだけ大変かわかる？」

「いや、まあ……なんとなくは」

「まあ、いずれはルードも同じ立場になるんだし、そのうちわかるっしょ」

「いや、残らないからな……」

魔界に残ったときの話をしているのだろう。

ちゃんと否定しながら、窓の外へと視線を向けた。


街から一時間ほど馬車で走ったところで、俺たちは魔物を討伐していった。

目的の魔物たちは確かに強かったが、俺とモーなら問題なく討伐できていた。

そんなこんなで三体ほどの標的にされていた魔物たちを倒したところで、俺たちは街へと戻った。

屋敷に戻ってくる頃にはすっかり陽も傾いていて、モーは疲れた様子で伸びをしていた。

「……マジ疲れた」

「……今日は、中々強い魔物たちだったたな」

といっても、俺が一人で押さえこめる魔物だったのでモーが削り切れるかどうかだった。

無駄に相手の耐久力があって苦労はしたが、それでもこうして負傷することなく戻ってはこられていた。

「とりあえず……さっさと汗流して夕食食べよう……」

「そうだな……」

俺も早いところ体を洗いに行こう。

屋敷にある大浴場へと向かい、汗を流す。

誰だろうか？　……基本的に客がいるときにだれかが入ってくることはないと聞いていた。

俺としては別に使用人が自由に使ってもいいと思っていたが、そこはやはり問題があるらしい。

そう思って気軽に視線を向けてみると、そちらにはタオルを一枚巻いた状態のモーがいた。

「……は!?」

驚きながら慌てて俺は近くにあったタオルで体を隠す。

……よかった。体を洗うために持ってきていたタオルがあって。

「ルード、背中流しに来たんだけどまだ洗ってないでしょ？」

「い、いやまだだけど……」

「ほら、ルードメロメロ作戦の一つだから。どう？　メロメロ？」

「……いや、別に」

「それじゃあ、とりあえず体洗わないとでしょ。ほら、背中こっち向けなって」

　モーが俺の肩を掴(つか)んで捻(ひね)ろうとしてくる。

　……抵抗すると上半身と下半身で真っ二つになりそうだ。

　俺は小さく息を吐いてから、言われるがまま彼女に背中を向けた。

　それから、彼女は石鹸(せっけん)を手に取り、俺の背中を洗い始める。

「ルード、めっちゃ鍛えてんね」

「……まあ、戦っているうちに自然とな」

「これは頼もしい限りだね」

　その仲間前提のような口ぶりは相変わらずだな。

　背中を流してもらったところで俺が感謝を伝えようとすると、すっとモーが体をこちらに向けてきた。

「次はルードの番じゃない？」

「え？　なんでだ？」

「あーしの体洗ってよ。たまには洗ってもらう感覚ってのを味わってみたいし」

「……いや、さすがにそれはまずくないか？」

「はい」

……問答無用か。

僅かに彼女は視線をこちらに向けていて、逃げるのは難しそうだった。

まあ、でも……マニシアを洗っているような感覚だと考えれば問題ないだろう。

柔らかな肌とかを意識しないようにしながら、俺は彼女の背中を洗っていく。

「ん、なんか不思議な感覚かも。使用人に洗ってもらうのとはまた違うね」

「……そういうものか？　使用人に洗ってもらったことがないからわからないな」

「それなら体験してみる？　いくらでも呼べるけど」

「いや、遠慮しておく。ていうか、俺じゃなくて使用人に洗ってもらえばいいんじゃないか？」

「いや、ルードだからいい経験になるんじゃん」

そうしてしばらくしてモーは楽しそうに鼻歌を歌い始めた。

……まったく、のん気なものだ。

「ほら、背中は終わったんだからあとは自分でやってくれ」

彼女の背中にお湯をかけてから、俺は風呂へと向かった。

ぶつくさと背後で文句を言っていたが、俺としても最低限付き合ったのだから何か言われる筋合いはない。

俺は用意されていた風呂へと体を預け、体の疲れをとっていく。

アバンシアにも大浴場はあるが、やはり体全体が浸かれるのはいいな。

軽く伸びをしていると、まもなく洗い終えたモーがやってきた。

……先に出ようとしたが、腕を掴まれ風呂に力づくで引き戻される。

まったく、強引な奴だ。

「んー、気持ちいい……。そういえば、どうしてブライトクリスタルがほしいの？　さらに強くなりたいとか？　向上心のある近衛兵は嫌いじゃないよ」

「……妹の体が弱くてな。妹に使いたいと思ってな」

「え？　妹いるんだ？　なるほどねぇ」

そう言って、モーは何か考えるような仕草をしてぽつりと漏らした。

「家族、かあ」

「どうしたんだ？」

「あーしなんて、他に兄弟とかいないし、父親に魔王は押し付けられるし最悪って感じ」

……家族に、あまりいい思い出はないようだ。

ただ、それは俺も同じだ。両親に関しては、もう顔も覚えていないがあまりいい思い出はない。

「家族、いいなぁ。家族がいたら色々魔王の仕事押し付けられそうだよね」

「そういうもんじゃないけどな」

「でもまあ、協力できることもあるっしょ？　ルードに家族いるならしょうがないっちゃしょうがないのか。あっ、でも、妹もこっちに来てもらえばもしかして万事解決？」

「そう生活環境が変わるようなことはしたくないけどな」

「でも、可能性としてはできないこともないし……よかったよかった。別に悩む必要ないじゃん。これからもよろしくー」

「……まあ、何かあれば協力はするけどな」

モーの強引な話し方に苦笑していると、彼女は深く風呂に体を沈めて言った。

「まあでも、ルードのついでにブライトクリスタルはあーしも欲しいね。強くなれば仕事も楽だし」

「モーは、仲間とか作らないのか？」

「魔王に仲間は必要ないって思われてるから難しいって感じ。あーしたち、本気出したらそれこそもっとやばいんだし」

「そうだな……」

それでも、アモンにしろリービーにしろ、仲間というか友達のようなものを作り、そこで活動をしている。

モーもできなくはなさそうだが……。

……でもまあ、アモンも俺たちと会うまでは一人で同じような悩みを抱えていたのだろうか？

あいつが悩んでいる姿はあまり想像できないが、まあ何かあるのかもしれない。

話も一区切りつき、さすがに熱くなってきたので俺は風呂から上がった。

水気をふき取ってから部屋へと戻る。

その途中だった。ジーヤがすっと姿を見せた。

「ルード様」

「ジーヤさん……？」

「モー様の無茶な戯れにお付き合いいただきありがとうございます」

すっとジーヤさんは頭を下げてきた。

「それなら、もう少し止めてくれると助かるんですけど」

「もちろん、私としても初めはそう意見しました。魔王様としての立場、というのもありますしね。ですが……モー様が魔王として振る舞わずに済む相手というのはあまりいないのです」

「そう、なんですね」

確かに……これまでの領内の様子などを見ていれば、それもわからないではない。

「モー様が無邪気に楽しそうにしているのは、久しぶりに見ました。これでも、モー様がこの屋敷に来られてからはずっと見てきている私が言うのですから、間違いありません」

……モーはいつ頃魔王を継承したのだろう？

それからずっと、ほとんど一人で色々な悩みを持って、解決してきたのだろうか。

俺がもしも、一人でアバンシアの問題を解決しろと言われていたら……俺は、どんな選択をとれただろうか？

「これからも、なるべくでいいんです。モー様に自然に振る舞ってあげることはできませんか？　魔王様としてではなく、一人の友人として」

「……わかりました」

俺が頷(うなず)くとジーヤは嬉(うれ)しそうに微笑(ほほえ)んだ。

こうして、一人でも理解者がいるだけ……モーだって救われている部分はあるだろう。

しばらく、魔物討伐の日々が続いていった。

……戦う魔物はどれもAランク級、あるいは魔界ではSランク級と評されるような魔物たちばかりであり、かなり苦戦させられた。

それでも、俺とモーであればどうにか討伐していくことはでき、仕事もだんだんと減っていた。

モーは大変満足しているようだったが、こちらの問題は解決していない。

……アモンからは依然として連絡がない。

ここまでともなると、彼女自身の身が心配であった。

「……なあ、モー」

「何？」

馬車内で、俺は膝に乗っていたフォーちゃんを撫でながら相談する。

「俺と一緒にアモンも魔界に来てくれようとしてくれてたんだけど……そこでちょっと問題があって俺だけここにいるんだけど――」

「それは後でアモンに感謝しないとだね。おかげであーしは大助かりだし」

「いや、それはまあいいとして……例えばその、こっちに来るときにアモンから、失敗したら次元の狭間に落ちることもあると聞いてな。アモンの無事とかわかる手段はないのか？」

「さすがにアモンなら大丈夫だと思うけど。てか、今もアモンの反応って人間界のほうにあるっぽいし」

「……わかるのか？」

「なんとなくだけど。まあ、そもそも魔王に何かあったら緊急会議が開かれるけど、今なんにもないんだし、大丈夫じゃない？」

「それなら、逆になんで迎えに来ないんだろうな？」

「あーしへの気遣いとか？」

「アモンがそういうの考えると思うか？」

「まあ、問答無用で来ると思う。自分の配下を取られるとか一番気に食わないだろうし」

「……まあな」

でもまあ、アモンが無事ならそれに越したことはないな。

「ルード、準備はいいの？」

「まあ、問題ない」

「ひとまず、こっちの問題は今日で片付くし、そのあとはネイス魔石鉱に案内してあげるから。あんま難しいこと考えんな？」

「……ああ、ありがとな」

何はともあれ、ブライトクリスタルに近づけるというのなら俺としては目的も達成できるのでいいか。

いつものようにモーとともに馬車へと乗り込み、しばらく揺られることになる。

「そういえば、今日は魔物だけじゃないんだったか？」

いつもの魔物討伐はもちろんあるのだが、それとは別の仕事もある。

「なんか最近この辺りで暴れている人たちがいるらしくて、特に冒険者登録とかしている人たちでもないっぽくて、怖いから様子を見てほしいって話っぽい」

「賊、みたいな感じか？」

「たぶん、まあ。罪人なら魔王の名のもとに断罪すればいいけど、あんまり罪人じゃないほうがいいんだよね。罪人だとしても、断罪するのは心が痛いもんだし」

「……そうだな」

モーの気持ちも、よくわかる。

発見されていた魔物たちを討伐しに向かっていたときだった。

……俺は周囲に感じ取った魔力に疑問を感じていた。

「ルード、近くにかなり大きな魔力反応あったけど、もしかしたら話題になっている暴れている人たちかもしれない。気、引き締めて」

「あ、ああ……」

モーも魔力を感じ取ったようだ。

ただ、俺はその感じ取った魔力を知っている。

いや、でも……魔界にいるはずがないんだけど……。

その時だった。

薙ぎ払うような風魔法が放たれたほうを見れば、そちらには……ニン、ルナ、マリウスの三人がいた。

ちょうど彼らは俺たちが討伐する予定の魔物を仕留めているようだった。

「ルード!?」

「マスター！」

「ほれ見ろ！　オレの案内通りじゃないか！」

ニンとルナは驚いたような反応を見せ、マリウスはどこか誇らしげに胸を張っていた。

「ど、どうして三人がいるんだ？」

「もちろん、あんたを捜索に来たのよ」

「……それは、助かるんだが、アバンシアのほうは大丈夫なのか？」

「ええ。グラトと一応アモンもいるし」

「アモン、いるのか……良かった」

次元の狭間に落ちるとか聞いていたから不安に思っていたのだが、問題ないようだ。

「ただね。なんか魔力かなり使っちゃってしばらく回復できない感じなのよ。それでまあリービーにお願いして魔界への門を開いてもらって、今ここにいるってわけ」

リービーが手伝ってくれたのか。

「……なるほどな、アモンは大丈夫なのか？」

「一応休めばね。って、あんたは今どういう状況なの？」

こちらを警戒するようにニンたちが見てくる。

護衛として同行していた兵士たちの視線も、こちらに集まっている。

とりあえず、

「モー。彼らは俺の仲間で……魔物討伐でもかなり役に立つと思うんだ。信頼できるし、色々と情報交換もできるし……連れて行ってもいいか？」

「いや、強い人たちなら大歓迎。ぜひぜひ」

良かった。

ひとまずモーの許可をもらった俺は、それから全員でモーの馬車へと乗り込んだ。

馬車へと乗り込んだところで、俺が魔界に来てからについての話をしていった。

……中々に大変な旅であったことをつらつらと語っていくと、ニンたちは俺がモーと一緒にいることも理解してくれた。

そうなれば次はモーだ。先ほどから俺の隣に座り、じっと聞きたそうにこちらを見てくる彼女に説明していく。

といっても、ニンたちは俺の人間界での仲間、であることを伝えるくらいのものだ。

「まあ、こんなところだな。今は彼女の仕事を手伝って、その代わりにネイス魔石鉱に連れて行ってもらうことになっているんだけど、何か質問あるか？」

「んじゃあ一つ質問なんだけど……なんか近くない？」

俺とモーが隣り合わせに座っているのを、ニンがじとりと見て言う。

今のモーの心境を考え、このような形で座ったが……確かに人によっては気になる状況だよな。

「それは仕方ないっしょ。ルードはあーしにメロメロなんだし……」

「……どういうことよ？」

ニンの視線がこちらに向く。……ニンだけではなくルナもだ。

またモーは誤解されるようなことを言うんじゃない……。

「……簡単に言うとだな。モーは仲間が欲しいんだ」

説明下手か俺。

「それがさっきの話とどう繋がるのよ」

「俺たちはブライトクリスタルの回収が終われば人間界に戻るだろ？　だけどモーとしては戦力になる俺に残ってほしい……なら、恋人関係になれば残ってくれるんじゃないか……とモーは考えたらしくてな」

自分で説明していて頭が痛くなってきてしまった。

「見事な作戦っしょ？」

モーがにやりと笑うと、ニンがジト目を返す。

「いや、かなり穴だらけじゃない。第一ね、ルードには人間界で待つ人がいるのよ」

「それって妹さん？」

「いや違うわ。その相手とはあたしのことね」

「……どういうことよルード？　浮気は良くないでしょ」

「誤解だ。ニンも、冗談言ってないで、ちゃんとしてくれ」

もうこれ以上俺の心労を増やさないでほしい。

「冗談じゃないわよ。ねえ、ルナ？」

「……お言葉ですが、ニン様とマスターの間にも特にそういう関係はありませんよ」

じろーっとルナから厳しい視線がニンへと向けられる。

「ちょっとルナ。ここは話を合わせなさいよ」

「合わせられない話ですから」

ぷくーっと頬を膨らませたルナに、ニンは仕方ないという様子で息を吐く。

マリウスに助けを求めて視線を向けるが、マリウスはフォーちゃんに随分と懐いたようでそっちと遊んでいる。

俺もそちら側に行きたいものだ……。

「……何やら複雑な関係があるっていうことはわかったけど、それにしても三人とも強いよね？　羨ましい限り……」

モーの視線がこちらに向く。

……まあ、確かにな。

苦笑を返していたときだった。御者台のほうから呼ぶ声がした。

「モー様！　ルード様！　標的であるヘビーミノタウロスが現れました！」

「わかった。それじゃあ、ちょっと討伐行こっか」

「そうだな」

今日の残る仕事はこれだけだ。

……俺とモーだけでもたぶん討伐自体はできただろうが、それでも今はここにニンたちもいるので討伐は簡単だろう。

馬車を出るとちょうどヘビーミノタウロスを囲むように兵士たちがいて、ヘビーミノタウロスを牽制（けんせい）していた。

……ただ、戦闘能力には大きく差があるため、相手を倒すようなことはできそうになかった。

ひとまず、俺は自分に注目を集めるため、『挑発』を発動する。

それまで、周囲の兵士たちを見ていたヘビーミノタウロスの視線がこちらへ向く。

「があああ！」

発見と同時に突進してきたヘビーミノタウロスを、俺は全身の力を込めて受けとめる。

まあ、問題ないな。

後退しながら、ヘビーミノタウロスが振りぬいてきた斧を受け流した。

今回はニンに回復をお願いできる環境なので、『犠牲の盾』を主軸に戦ってもいいかもしれないが……まあ、頼る必要もなさそうだ。

地面を蹴ったマリウスが一気に距離を詰め、刀を振りぬく。

「やはり、この感覚だな……っ！」

マリウスは嬉しそうに叫び、刀を振り回している。

ヘビーミノタウロスの体を削るように攻撃をしていき、顔を顰めたヘビーミノタウロスが反撃をするが、そのどれも当たらない。

俺も地面を蹴りつけ、ヘビーミノタウロスへと大盾をぶつけるように突進をして、吹き飛ばす。

「やはり、ルードの強化がある状態では体のキレが違うな」

「それは良かった。……来るぞ」

俺は再び『挑発』を放ち、ヘビーミノタウロスの連撃を大盾で受ける。

タイミング良く攻撃に大盾を振りぬき、その体をのけぞらせると、ヘビーミノタウロスがよろめいた。

そこへ、マリウスの刀が振りぬかれる。

膝をついたヘビーミノタウロスへ、ルナが短剣で足を切り裂く。

「ガアアア！」

煩わしそうに腕を振りぬいたが、ルナは空中へと飛び上がりかわす。同時に風を纏（まと）い、空中を移動するように風魔法を放った。

……よくアモンがやるような動きだ。

ルナの学習能力の高さは本当に驚かされるな。

「モー！」

「……っ」

完全に隙だらけとなったところで、モーが飛び上がり大剣を振り上げる。

そして、ヘビーミノタウロスの右肩から左わき腹へ、真っ二つにするように振り下ろした。

「が……あ……」

断末魔を上げ、ヘビーミノタウロスは倒れた。

「……無事終わったな、モー。どうしたんだ？」

「ルード。仲間も一緒に魔界に残らない？」

どうやら感動していたようだ。

「何度も言っているだろ？　残るのは難しいって」

「……むぅ、残ってほしいんだけど。めっちゃラクしたいんだけど」

戦闘を終えた後のモーはいつもこうだ。

わがまま状態のモーに、ニンたちも彼女の性格をわかったようで苦笑している。

俺たちの用事も無事終わったので、馬車へと戻り、街へと帰還した。

街へと戻りながら、モーの抱えている問題について話していった。

モーがやたらとニンたちをスカウトしている理由もわかったようで、ニンは苦笑まじりに息を吐いた。

「……なるほどねぇ。魔界ってこう危険地帯な感じだから、いる人たちももっと強いんだと思ってたんだけど」

それは、俺も同意見だ。

ただ、俺たちが見ていた魔界の住民は魔界の中でも上澄みの者たちだったのだろう。

確かに、世界全体で見れば自衛するのだって大変な人が多くいるというのは別におかしなことではない。

「ていうか、人間ってなんか強くない？　あーしが考えていたのとまるで違うんですけど」

モーのその感想は、まさに先ほどの俺たちと同じような現象だろう。

自慢するつもりはないが、今ここにいるメンバーは皆魔王と戦ってきた、人間の中でも上位の存在だ。

これを平均だと思われると人間界への大きな誤解となるな。

「たまたま、ここにいる人たちが強いだけだ」

「そうなの？　でも、あーしたちなんて目じゃないくらい強いけど」

「それはあたしたちも思ってたわよ。もっとこう魔族とか魔人って皆強いんだと思っていたわよ。マリウスってもしかして珍しいほうなの？」

「オレは優秀だからな」

褒められたと思ったマリウスが嬉しそうに胸を張っている。

……まあ、マリウスは確かに強いけどさ。

「いや、強い人もいるとは思うけど、あーしの領内はいないって感じ？　ま、仕方ないっしょ」

だからこそ、モーの負担が大きくなっているわけなんだよな。

それをどうにかしてあげたい気持ちはあるのだが、これればかりは一日二日でどうにかできるようなことでもないしなぁ。

「まあ、とりあえず今ある問題は片付いたんだ。……これでネイス魔石鉱に行けるだろ？　ブライトクリスタルを手に入れれば、モーもさらに強くなって余裕でぼこぼこにできるかもしれないいんじゃないか？」

モーが一人で戦うことに変わりはないのだが、それでも今より力をつければ楽になるとは思う。

モーも根本的な解決はできないとわかっているようだが、それでも控えめながら頷いてくれた。

「それはそうだけど。ただ、あそこマジ難易度高いから気引き締めないとだから」

「みたいだな」

「まあ、全員の準備でき次第出発って感じでいいっしょ？」

モーの言葉に、頷いて返した。

今すぐ出発したい気持ちはあるけど、ニンたちにも休んでもらう必要がある。

……ネイス魔石鉱。

アモンも大変だと話していたが、果たしてどれほどの難易度なのやら。

これで、攻略不可能なほどに魔物が強かったら八方塞がりとなる。

……あとは、自分の力を信じるしかない。

そんな俺の不安に気づいたのか、ニンがぽつりと言った。

「こっちだってそれなりに準備はしてきてるし、何とかするしかないでしょ」

「そうだな。……そういえば、マニシアはまだ大丈夫か？」

「そんな心配そうな顔すんじゃないわよ。かなり落ち着いているわよ。毎日魔法の訓練するためにグラトを残してきたんだしね」

「それは、良かった」

「アモンの言っていた魔法の指導も上手くいってるわよ。まだまだ余裕あるんだから、もっと堂々としてなさいよ」

「……わかってる」

気遣わせてしまったようだな。

アバンシアの状況は直接見ていないが、うまくやってくれていることを祈るしかない。

馬車が街近くまで来たところで、座席を移動する。主にモーが民衆から見える位置に配置するという感じだ。

カーテンを開けたモーは、それから何度か表情を変化させ、笑顔を貼り付かせ……民衆へと手を振っていく。

いくつもの流れ込んでくる歓声に、ルナは耳を僅かに塞いでいる。

「……凄いですねモー様」

「まあ、な。この街の人たちにとって、モーは平和の象徴みたいな感じなんだよ」

「マスターもアバンシアでは似たような感じですよね」

「……確かにな」

ただ、俺とモーで決定的に違うのは……仲間の数、だろうか。

……もしも俺がアバンシアを一人で管理することになったら——正直言って、うまくできる気はまったくしなかった。

「なんか聖女のときを思い出すわ。民衆の過剰な期待って、結構大変なものよねぇ」

「そう……だな」

ニンの発言に、俺もわかる部分はあったので僅かに頷いた。

「ニン様もマスターも色々と苦労されているんですね……」

「ルナだってじゃない？　最近じゃ色々任されているでしょ？」

「……私はまだ、その期待は嬉しい、と思えていますね」

「それは大事ね。プレッシャーになるときはいつでも言いなさい。ルードが何とかするわ」

「おまえじゃないのか」

「もちろん、あたしも手を貸すわよ」

楽しそうに笑っているニンたちに苦笑しながら、俺はマリウスを見る。

「マリウスは……魔界の記憶とかはあるのか？」

「いや、あまりないな。気づいたらアバンシアの迷宮にいたようなものだからなぁ……それからは守護者として楽しい生活を満喫していたわけだし」

「……そうか」

何か、モーの抱えている問題を解決するための提案をしてくれるかもと期待したが、厳しいか。

「マリウスは魔王が嫌いだっただろ？　モーは大丈夫なのか？」

「……そうだなぁ。最近はオレも考えるようになってな。魔王も色々と考えていることもあるんだなぁ、とか。悩みもあるんだなぁとかな。まあ、人それぞれというわけだ」

「けど、アモンには今も突っかかるんだな」

「あいつの場合は、性格的に合わないんだ」

マリウスが眉を寄せ、不服そうに言った。

……確かに、俺も同じような気持ちだ。

魔王という存在は危険なものだと考えていたが、どうやら違うようだ。

「……魔王って大変だよな」

モーの様子を改めて見ながらそう言うと、マリウスは能天気に言った。

「まあ、頼れる仲間を作れるかどうか。それ含めて。もう少し頑張ればいいんじゃないか？」

「……そうかもな」

頼れる仲間、か。

それが中々大変なのだろうけど。

今のモーの周りでは、ジーヤはかなりモーに近しい立場だ。

でも、戦闘で補助できる感じではない。

戦える仲間が見つかれば、モーの俺への執着もなくなるんだろうけど……そう簡単じゃないよな。

特に大きな問題もなく、屋敷へと戻ってくることができた。

「まずは食事にでもしよっか」

「あたしたち急に来ちゃったけど、大丈夫なの？」

「大丈夫大丈夫。ジーヤに話してくる。ルード、お客様たちを食堂に案内してきていいよ」

　ニンの言葉に頷(うなず)いてから、モーは屋敷を歩いていく。

　俺も言われた通り、食堂へと連れていき、それぞれ席に座った。

「さすが魔王様って感じね。あたしの実家並みに大きいわね……」

「……そうだな」

　屋敷の規模だけで測ることはできないが、それでも魔王というのはそれだけの立場であることはわかる。

　しばらく食堂で待っていると、ジーヤとともにモーがやってきた。

「まさか……モー様がこれほど多くの人を連れてくる日が来るとは……ジーヤ、感動で涙が止まりませんぞ……っ」

　俺たちを見て、ジーヤは演技か本気かわからないが涙を流している。

　その奥からさらにぞろぞろと使用人がやってきて、俺たちの席に食事を並べていってくれる。

　……どうやら、準備はできていたようだ。

いつものようにモーが俺の隣に座ろうとしたのだが、今はニンとルナが座っていて、モーはどうしようかと迷っている様子だった。

なるほど。物理的な盾で防げばよかったのか……。

ニンとルナに内心で感謝をしつつ、俺は向かいの席を示した。

「自分の席に座ったらどうだ？」

「でも、それだといつも通り食べさせてあげらないんだけど」

そのモーの発言に、ぴくりとニンとルナの耳が動いた気がした。

視線が向く。

……まずい、どうしようか。

「いや、だからもう大丈夫だって」

「いやいや、ダメダメ。今日も食べさせてあげないと……」

その発言でニンが笑顔とともに俺を見てくる。

「……ちょっとどういうこと？」

「いつも通りとは……マスター、何がどうなっているんですか？」

ルナもだ。

二人とも、なんとも険しい表情だ。

「もちろん、ルードに魔界に残ってもらうためなんだけど……」

「……ルード、まさかそれを条件にモーを言いなりにさせたとか」

「誤解だ……っ！」

モーが変なところで言葉を区切ったために、俺が無理やり何かをさせているみたいになってしまったじゃないか。

否定していると、モーは何か勘違いしたようで首を傾げた。

「あっ、皆も食べさせてほしい感じ？　順番だからちょい待ち」

「そうじゃないわよ……っ。駄目よ。ちゃんとそれぞれで食べるのよ」

ナイスニン。

これまで援護してくれる人がいなかったので、押し込まれる形だったが今なら大丈夫だ。

「そうです。マスター、食べさせてほしい場合は言ってください。私は無理やり言われなくとも、やりますからね」

ルナ？　ちょっと指摘の仕方が違うぞ。

そして未だに誤解したままじゃないか。

「ちょっとルナ。それは駄目よ。ルード、そういうときはあたしに任せなさい」

「いや、だからな……」

二人とも話がずれはじめているから……。

すでにマリウスは気にせず食事を始めている。とても幸せそうに、美味しく食べていて……俺と場所を入れ替わってくれないだろうか。

「いいから。……ほら、もうさっさと食べるぞ」

「……むぅ。仕方ないか」

モーは残念そうにしながらも、諦めてくれた。

……良かった。最近は最初の一口目だけは付き合っていたのだが、今後はそれもする必要はなさそうだな。

「じゃあ、続きはお風呂でってことで」

「は？　ちょっとどういうこと？」

……ああ、これは。

これまでにあった出来事のすべてで色々言われそうだな……。

食事中、俺が体験していたことを話していくと、それはもうニンとルナからじろりとした視線を向けられてしまった。

……仕方ないだろう。俺がどれだけ言っても、モーはやめなかったんだし。

そもそも、モーは別に俺を異性として意識しているわけではなく、ただ俺を魔界に残すためあれこれ画策しているだけだ。

そのため、モーはニンとルナにも色々とお世話を申し出ていたので、ひとまず誤解をとくことはできたようだ。

……それでも、まあ、仲良くやっているようだ。

ジーヤも言っていたが、今モーが魔王様として振る舞わなくてもいい相手は少ないだろう。

今は、それを楽しんでくれればいいな。

次の日は一日休養に努め、体と精神の準備を整えた。

そしてまた翌日。準備を終えたところで屋敷の庭へと向かうと、すでに皆も待っていた。

……俺が一番最後か。

庭にはモーの姿があり、彼女の愛竜であるフォーちゃんも待っている。

こちらに気づいたフォーちゃんが前足を軽く動かしてアピールしてきていたが、それをモーが抱きかかえている状況だ。

「ルード。ネイス魔石鉱に行く準備万全って感じ？」

「万全だ」

「それじゃあ、向かおうか」

「どうやって行くんだ？　結構遠いんだよな？」

「ネイス魔石鉱までは、フォーちゃんに乗っていこう」

「……ふぉ、フォーちゃんにか？」

「ふぉー」

俺はモーに抱きかかえられているフォーちゃんを見る。

どこか、自信に溢れている様子だ。

……そりゃあもちろんドラゴンだから将来的には飛行することもできるのかもしれないが、今のフォーちゃんでは厳しい気がするのだが。

そう思っていると、モーの体から魔力が溢れ出し、フォーちゃんの体へと流れていく。

な、なんだ？　そう思っていると、フォーちゃんの体が大きく膨れ上がった。

巨大化……というよりは成長したように感じる。あっという間にフォーちゃんは小さな家ほどはあるようなサイズまで大きくなり、こちらをじっと見てきた。

先ほどまでの可愛らしい姿とは異なり、その姿はまさに成竜という感じだ。

「うお……っ、凄いな」

「フォーちゃんは自由に体のサイズを変えられるんだけど、中身はそのままだから気を付けて」

「ふぉー！」

フォーちゃんがこちらにじゃれついてきて、がしがしと体をこすりつけられる。

……ちょっと外皮が削られそうな勢いに苦笑しつつ、俺たちは早速その背中へと乗り込む。

「でもこれなら普段からフォーちゃんで移動すればいいんじゃないの？」

「民衆へのアピールっていうのもあるから。それにフォーちゃんだって疲れるから」

「ふぉーっ！」

俺たちはそんな話をしながら乗っていくのだが、ニンだけは動かない。

「ニン、行かないのか？」

「……あんまり空高く飛ばないわよね？」

「まあ、常識的な範囲じゃないか？」

「ふぉーっ」

フォーちゃんが任せろ、とばかりに声を上げ、ニンは眉を寄せてからおずおずと乗った。

その次の瞬間だった。フォーちゃんは大きく翼を上げ、ばさりと飛び上がった。

「ふぉー！」

「きゃあああ⁉　い、いきなり激しく動くんじゃないわよ⁉」

ニンが顔を青ざめさせ、涙目になりながら俺に抱きついてくる。

俺も慌ててフォーちゃんの皮膚というか鱗(うろこ)を掴(つか)むようにしていると、体に風の鎧(よろい)のようなものが纏(まと)わりついてきた。

「ふぉー」

……どうやらフォーちゃんの魔法のようだ。

空中を飛んでいるにもかかわらず、体への負担がまるでない。

馬車に乗るよりもよっぽど乗り心地がいいな。

「よ、良かった……」

「じゃあ、そろそろ……離れても大丈夫じゃないか？」

「え？　あっ……まあ、そのもう少しくらいいいんじゃない？」

顔を赤らめながら、ニンがじっと顔を覗(のぞ)きこんでくる。

……その恥ずかしいのに強気な態度をニンは時々とるんだよな。

こちらも恥ずかしさはあったが、こほんと咳(せき)ばらいをしていると、ルナがニンの体を引きはがしていく。

「ニン様。くっついていると万が一のときに対応できませんから」

「万が一って例えばどんなときよ？」

「え？　そ、その……えーと……」

ルナも俺から引きはがすことだけを考えて適当なことを言ってしまったようで、慌てているようだ。

それでも、ニンは俺から離れ、ルナは安堵したように息を吐く。

俺としてもとりあえず、平和になってよかった。

「ここからどのくらいかかるんだ？」

「飛んでいくから、一時間もかからないと思う。まあ、精神集中の時間にでもするといいよ」

「……そうだな」

ネイス魔石鉱。

……どれほどの難易度なのかわからないがマニシアのためにも、必ずブライトクリスタルを持ち帰ってみせる。

俺は改めて決意を固めながら、前を向いた。

第三十六話　ネイス魔石鉱

フォーちゃんに乗ってしばらく飛んでいったときだった。

「フォーちゃん。あそこに降りて」

「ふぉー！」

モーの言葉に鳴き声で返事をすると、すぐにフォーちゃんは眼下へと降りていった。

やがて見えてきた地上の一画。洞窟のような入り口には二名の仮面をつけた人たちが立っていた。

フォーちゃんが地面に降り、俺たちも背中から久しぶりの大地に降りた。

……青ざめた顔をしているが、ニンはひとまず大丈夫そうだな。

そんなことを考えながら、俺はすたすたと歩いていくモーの後を追うように歩いていく。

モーが近づくと、二名の男女はすっと軽くお辞儀をした。

「モー・デウス様ですね」

「そう。ブライトクリスタルを採掘したくてここに来たんだけど、いいでしょ？」

「ええ、もちろんです。ただし、中にいる魔物たちは大変な脅威となっていますので気を付けてください」

「大丈夫。そのために私の精鋭の部下も連れてきたから」

モーがちらと視線を俺たちに向ける。二人の男女はじっと俺たちを観察してから、こくりと頷いた。

「承知しました。お仲間の方々含め、気を付けてください」

「わかってるって。ほら、皆、行くよ」

モーがそう言うと、フォーちゃんは姿を子竜へと戻し、モーへと飛んでいった。

肩に乗るような小さなサイズになったフォーちゃんを見ながら、俺たちはネイス魔石鉱の中へと入っていった。

大きな洞窟の入り口には、結界のようなものが展開されている。

……中の魔物を外に出さないためだろう。

聖女の結界と似たようなものらしく、人間や魔族たちは問題なく通れる。

物理的な壁ではないようだ。

僅かに潜り抜けたという感覚はあったが、それだけだ。

問題は、ネイス魔石鉱内だ。

大きな鉱内は、戦闘をする上では動きやすそうだ。

問題は、全身を圧迫するような魔力だ。

魔物たちから発せられる魔力はかなりのものだ。

……アモンが警戒しているだけはあるな。

内部は暗く、肉眼ではほとんど見えない状況だったが、ニンが光魔法を展開する。

俺たちの居場所を敵に教えることになってしまうが、魔物の姿が見えないよりはマシだ。

俺は先頭を歩くため、モーの隣に並びながら問いかける。

「モー、さっきの人たちは何者なんだ？」

「一応、最古の魔王の部下の二人って感じ。どっちもかなり強い部下で羨ましい限りだよね」

「……そうだな」

モーが抱いた感想はそのくらいなのか。

……俺としては、あれだけの魔力を持った人を部下として持つ魔王の存在が恐ろしいと思ってしまった。

……まあ、今は敵対しているわけじゃない。

集中すべきは、このネイス魔石鉱の攻略だ。

俺が先頭に立ったところで、モーはアイテムポーチから紙を取り出した。

彼女がこちらに見えるように差し出してきたので視線を向ける。

……どうやら、この魔石鉱の地図のようだ。

「一応、事前に最新の地図の情報はもらってきたんだけど……内部はかなり変化してんだよね」

「まだ、この辺りは地図通り、って感じか？」

「だね。ただ、ここはもう自然発生した迷宮のようなもので……内部の地図も最後に調査したときのものがあるけど、あんまりアテにならないって感じ。んで、この中央の広場でブライトクリスタルが確認されてんだよね」

とんとんとモーが地図の一画を人差し指で叩いた。

ひときわ大きな空間……迷宮でいうボスフロアのようなものか。

「結構道は繋がっているし……適当に進んでも問題はなさそうだけど……迷子にだけはならないようにしないとな」

「だね。さーて、どっから行こっか」

そうモーが聞いてきたときだった。

ルナが控えめに手を挙げる。

「……マスター、モー様。少しよろしいでしょうか？」

「どうしたんだ？」

「ブライトクリスタルの放つ魔力反応を、『鑑定』で見ることができました。……恐らく、その中央までご案内できるかと思います」

「本当か⁉」

「はい。こちらです」

ルナはじっと視線を横道へと向け、進んでいく。

……ルナの『鑑定』がちゃんと機能してくれれば、ネイス魔石鉱内で迷子になることはなさそうだ。

「うわ、めっちゃ便利じゃん。やっぱりあーしの仲間に欲しいって」

「私はマスターの仲間ですから、兼任は難しいですよ」

「もう、やっぱりルードを説得しないとかー。あっ、一応再確認だけど、道中の魔物がどれだけ強いのかも正直今はもうわかんないから。奇襲だけはされないように注意しないとね」

「そこは任せなさい。あたしたちでずっと索敵と探知をしてるから」

「神じゃん」

ニンとルナに、モーは改めて羨ましそうな声を上げた。

この二人がいれば、魔物から奇襲される可能性は極限まで押さえられるだろう。

もちろん、二人に頼りながらも俺たちも気は抜かずに進んでいく。

「……来るわね」

道をしばらく進んでいったときだった。

「はい。皆さん、正面から三体の魔物が来ます」

俺は大盾を構え、眼前に視線を向ける。

ニンが光魔法を前方に放つと、こちらに向かってきていた魔物たちを見ることができた。

「……黒い魔物、か」

見た目は狼（おおかみ）のような姿をしていたが、その姿は異形そのものだ。

魔力を纏（まと）って突撃してくる彼らに、大剣を構えたモーが呟（つぶや）く。

「あれはダークウルフ。魔物は魔力を取り込んでいって肉体を強化していくけど……魔力を異常に取り込みすぎて、体が適応できなかったんだと思う。ネイス魔石鉱の魔力は特殊だし」

「なるほどな」

そんな話をしていた次の瞬間だった。

ダークウルフたちはこちらに気づき、ぐんと加速した。

速い。一瞬で眼前に迫ってきた。

『挑発』を使用しながら、大盾で受けとめるが……かなりの突進だ。弾（はじ）かれそうになったが、魔力で肉体を強化して、どうにか撥ね返す。

だが、敵は一体じゃない。気を抜けない。

三体のうち、一体の攻撃を剣で受け止めようとしたときだった。その首が分かれた。

「……まるで化け物だな」

咄嗟に反応できたのは、不規則な動きをする魔物との戦闘経験があったからだ。

襲い掛かってきた一撃に大盾を合わせ、背後から迫ってきていたダークウルフを蹴り飛ばす。

そこで、モーとマリウスが動く。隙を見つけた二体を切り裂く。

だが、すぐに最後の一体がモーたちに飛び掛かろうとする。

『挑発』を使いながら二人の間に割り込んで大盾で受け止める。

こいつら、かなり『挑発』も効きにくいし、反応が速い。本当に一瞬が命取りになる
……！

とはいえ、残り一体となれば時間の問題だ。確実に仕留めたところで、俺たちは息を吐いた。

「……確かに、想像以上に強いな」

今のような魔物が雑魚として出てくるんだもんな。

耐久力に関してはあまりなかったが、力と速度に関しては迷宮のボスとして出てきても

おかしくはないようなものを持っていた。

「こんな感じで色々と大変なのが、この迷宮の特徴だし。でもまあ……まだなんとかなりそうで良かった」

「……そうだな」

あとは、ニンとルナの魔力を警戒しながら進んでいくだけだな。

一つ一つの戦闘を見ていけば、問題はない。

ただ、それが何度も行われるとなれば話は別だ。

少し進むたびに襲撃され、戦闘回数が増えていく。

段々と疲労が蓄積していき、少しずつダメージを負う機会も増えていく。

長らく放置されていたせいか、襲い掛かってくる魔物の数も多い。

戦闘するたびに魔力を消耗させられ、確実に削られていく。

「……想像以上に、大変じゃない？」

魔物が周囲にいないのを確認し、俺たちは休息をとっていた。

「……そう、だな」

魔力を取り込みすぎて黒い魔物と化した魔物たちは、どいつもこいつも強い。手を抜いて相手できるような奴らじゃない。

特にニンとルナは常に索敵や明かりの確保のために魔力を使ってくれているため、俺たち以上に消費が激しい。

……マリウスとモーも、思っていた以上に戦闘で魔力を使っているし、二人の場合体を動かす部分でも疲労は溜まっているようだ。

俺も、仲間たちを心配している場合じゃない。

何度も攻撃を受け止め続けているが、さすがに全身に疲れが溜まっている。

ここが迷宮ならば迷宮から脱出するような魔法、スキルを使用すればいいのだが……ここはあくまで自然にできた鉱山だからな。

途中まで攻略して、また後日、ということもできない。

「ルナ。ブライトクリスタルまではまだ遠いか？」

それでも、まだルナの『鑑定』のおかげもあって、俺たちはマシなほうだ。

これを手探りで調査するとなれば、今以上の戦力が必要になるだろう。

「……そうですね。もう少し、だとは思いますが」

「……まだ行けるのなら、行けるところまでは行ってみたいが皆は大丈夫か？」

「行くわよ。ここまで来て引き返すなんて……次に来た時は魔物たちももっと強くなってるかもしれないでしょ？」

「そう、だな」

ニンの言うことも一理ある。

「まあ、オレはまだまだ余裕だからな。ルードの好きにしてくれていいぞ」

マリウスはにこりと微笑(ほほえ)んでいたが、モーは信じられないものでも見るかのような視線を向ける。

「……そんなに戦闘好きなの？」

「なんだ、モーは楽しくないのか？」

「いや、まったく。ぜひとも魔王という立場を代わって欲しいんだけど」

「だが、こき使われる立場はまっぴらごめんだ」

「むー、なかなか世の中上手(うま)くいかないもん」

けだるそうにモーは肩を落とした。

……休憩はそろそろ終わりだな。

「……それじゃあ、行けるところまで進もうか」

俺の言葉に、皆が立ち上がり、再び進んでいった。


大広間が見えてきた。最後に襲い掛かってきた黒い魔物たちを仕留めたところで、俺たちはその大広間へ逃げるように入る。

そして、ニンが入り口を塞ぐように結界を展開する。

この大広間は今のところ他に通路もないので、これでブライトクリスタルを探すのに専念できるな。

逸る(はや)気持ちはあるが、今はひとまず……休憩だ。

俺たちはぺたりと座り込むようにして、持って来ていたポーションなどで外皮や魔力を回復していった。

「……さすがに、疲れたな」

「ほんとね……でも、ここで問題ないのよね、ルナ」

「はい。見てください」

ルナが指さした先には、いくつものブライトクリスタルと思われる魔石のようなものが落ちていた。

大きさや色もバラバラであり、どれに一体どんな違いがあるのかもわからないが、これで間違いはなさそうだ。

「あたしも強くなりたかったし、いくつか持って帰ろうかしら」

ニンが近くに転がっていたブライトクリスタルへと近づいたときだった。

そのブライトクリスタルがすすす、と地面へと埋まっていった。

「……あれ？　ちょっとこれ、採れないじゃない」

「それが、ブライトクリスタル。ブライトクリスタルって所有者を選ぶところがある。その所有者を認めて、その所有者の使い道に従うって感じなの」

「つまりまあ、最初に選ばれる必要があるってこと？」

「そゆこと」

モーの問いかけに、ニンが頷(うなず)きながら離れると、再びブライトクリスタルは姿を見せた。

……なるほどな。

試しにニンが素早く近づいてみたが、そのブライトクリスタルも素早く姿を隠した。

「まあでも、しばらく見ない間にたくさんのブライトクリスタルができたみたいだし、一つくらいは合うものがあると思うし、気ままに探せばいいんじゃない？」

「……そうだな」

モーの言う通りだ。

この大広間には数えきれないほどのブライトクリスタルがある。

そう探すのに苦労することはないだろう。

俺たちは休憩を終え、ブライトクリスタルを探していく。

誰か、この中にマニシアを助けるのに協力的なブライトクリスタルはいないのか……！

そんな一心でブライトクリスタルを探していくのだが、中々見つからない。

「ここまで来ておいて、手に入らなかったらなんなのって感じじゃない」

「だから、無理してまで手に入れに来る人が少ないっていうのもある」

そのとき、モーが一つのブライトクリスタルを手に取った。

「……え？」

モーはそのブライトクリスタルを強く握りしめ、そして……彼女はぎゅっと握りしめた。

「……まさか、見つかったのか？」

「……うん」

モーは小さく息を吐くようにして、何度もその魔石の感触を確かめるように握りしめていた。

……モーのものが見つかったのは嬉しい限りだが、俺たちのは依然として見つかっていない状況だ。

あとは、近くの壁などに埋まっているブライトクリスタルとかか。

……ただ、近づくには風魔法などを使う必要があるな。

ルナに使用してもらうか。

そう思ったときだった。

右手をぎゅっと握られた。

柔らかな感触。しかし、そう思ったのは一瞬だった。強く、握りしめられる。

見れば、そこにはモーがいた。彼女の全身からは禍々しい魔力が溢れ出している。

「モー……？」

「いや……絶対、ルードを人間界に帰したくないんだけど」

「……いや、だからまあ、それはこっちにも色々と理由があって」

「絶対に、行かせないから。絶対に、絶対に」

……ん？

モーの様子が明らかにおかしい。

彼女から溢れ出す魔力はもちろん、表情も笑顔なのだがどこか威圧感がある。

俺がそう思った次の瞬間だった。彼女の手元にあったブライトクリスタルが、怪しく光を放つとすっと彼女の体に取り込まれていく。

……それが、始まりだった。

「ルードっ！」

彼女が叫んだ瞬間、周囲が揺れた。

同時に、がたがたと地震でも起きたかのように周囲が揺れる。

「兵士として、一生あーしのそばにいるのっ！」

「……おいっ」

落ち着け、と叫びたかったが、モーはすでに行動を起こしていた。

不気味な笑みを浮かべると、周囲に何かが展開される。

これは——迷宮か？

まるで迷宮のような場所に投げ出された俺がちらと視線を向けるが、周囲にはモーしかいなかった。

俺だけ、彼女の作り出した迷宮に取り込まれたのか？

「……ルード。魔界に残るよね？　残ってくれるよね？」

「……だから、それは無理だ。でも、困っているときに手が空いていれば、俺も力を貸すから——」

「いやだいやだいやだ！　もう一人であんなに大変な思いしたくない……っ！　無理やりにでも、言うことを聞かせてやるんだから……ッ！」

……完全に、モーは様子がおかしくなっていた。

ブライトクリスタルが、影響しているのか？　俺が顔を顰めたと同時、彼女は踏み込んで大剣を振りぬいてきた。

大盾で防ぐが、弾き飛ばされる。

……ブライトクリスタルの効果は、ちゃんと反映されているな。

前よりも力強い一撃に、思わず顔に力が籠もってしまいながら、俺は後退する。

距離を取って一度体勢を立て直そうと考えた俺だったが、モーの大剣に魔力が集まっていくのがわかった。

黒い魔力だ。それを理解した次の瞬間、大剣が振り下ろされる。

地面を抉るように闇の衝撃がこちらに迫り、俺は横に跳んでかわす。

急いでモーがいた場所に視線を向けるが、彼女の姿はすでにそこにはない。

側面だ。

モーの大剣が迫り、俺はそれに剣を合わせる。

重い……！　剣が悲鳴を上げ、破壊されそうになる。

すぐに剣を傾けるようにして、攻撃を受け流す。

同時に大盾で弾き飛ばそうとするが、モーは後方へと跳んでいた。

距離を取りながらモーは、闇魔法を展開する。

黒色の弾。モーの背後に現れたそれらは、彼女の踏み込みに合わせ、いくつも放たれる。

……同時に、彼女も近づいてくる。弾丸を大盾で受け止める。

しかし、接近してきたモーの振りぬく大剣に剣を合わせはするが……ぎりぎりと剣が悲鳴を上げる。モーの力に押し切られそうになるが……。

俺は左手に持つ大盾を彼女に向け投げつけた。

その攻撃はまるで予想していなかったようだ。

モーは慌てた様子で横に跳んでかわしたが、一瞬の隙ができたところで、俺は剣を振う。

……当てられる。そう判断した俺は喰らっていた１０００ほどの力を使い『生命変換』を発動する。

それによって、モーが守りに使った大剣に叩きつける。

モーはそれをかわすことができず、大剣で防いだもののそのまま吹き飛ばされた。

地面に着地したモーだが、すぐに体勢を整えこちらに向かってきた。

また魔法を放つのかと思ったが、違った。

彼女は俺に大剣をぶつけてくる。

それは先ほどよりも速く強い。

なんとか、剣を合わせることで攻撃を逸らすが、その威力によって後ろに後退させられる。

モーは追撃してくるかと思いきや、立ち止まり再び大剣を構えた。

「……ここまでとはね」

モーから感嘆の声が上がる。

彼女の表情には驚きと同時に喜ばしそうな笑みを浮かべていた。

「モー！　こんなことをしたって俺の考えは変わらないぞ！　早く皆がいる場所に戻してくれ！」

「ルードの力はわかった。確かに、ルードの強さは本物だと思うけどさ。……だから……っ。だからこそ、ルードがほしい！」

「今のおまえだって、十分強いじゃないか」

「十分じゃない……っ。十分じゃない！　……あーしは誰よりも弱いんだからっ。仲間が、仲間がほしいの！」

モーの悲痛の叫びに呼応したのは、彼女の近くで飛んでいたフォーちゃんだった。

フォーちゃんは先ほどから必死にモーに叫んでいたのだが、その声は届いていなかった。

モーの視線がフォーちゃんに向くと、その体に魔力が流し込まれていく。

「ふぉっ!?」

「力を貸して」

モーは淡々とそう伝えると、フォーちゃんの体から力が溢(あふ)れ出していくのがわかった。

それまで理性的だったフォーちゃんの目からは、鋭い野生の力が漏れ出す。

そして、フォーちゃんの体が大きくなり新緑の鱗(うろこ)を纏(まと)いながら、大地へとゆっくり降り立った。

獰猛な目をぎろりと動かし、俺を敵として見据えてくる。

「……」

フォーちゃんから放たれる重圧は凄まじい。まるで、魔王が変身したときのような力強さを感じる。

……そして、フォーちゃんに呼応するようにモーの魔力も高まっている。

フォーちゃんがじっとこちらを見ると同時だった。

「ガアアアア！」

獣のような雄たけびを上げ、フォーちゃんの背中からいくつもの蔓が伸びてきた。

フォーちゃんから伸びてきた蔓はすべて鋭利な状態だ。

……あれに貫かれれば、ひとたまりもないだろう。

俺は攻撃を避けながら、後退していく。迫っていた蔓を剣で振りぬくが、数が多い——。

腕を蔓が掠め、外皮が削られる。

「フォーちゃん。ルードを捕まえといて」

「ガアア！」

蔓が俺の体を拘束するように伸びてきた。

さらに数を増した蔓に、さすがに逃げ切れないかと思ったときだった。

俺へと伸びてきた蔓のすべてが切り裂かれていった。

「ルード、ようやく見つけたぞ」

「……マリウス！」

「……それと、どういう状況だ。あれは？」

「色々とあってな」

すべてをゆっくりと説明している暇はなかった。

マリウスの登場にモーが目を吊り上げる。

「……邪魔しないでっ！」

フォレストドラゴンの放った蔓を、しかしマリウスは最速の刀捌きで処理していく。

「ひとまず、あのドラゴンは仕留めても問題ないだろう⁉」

「……あいつはフォーちゃんだ。死なない程度に、気を付けてくれ」

「だとしても、敵対するなら加減はできんっ」

にやりと口元を緩めたマリウスは、そのままフォーちゃんへと向かう。

しかし、マリウスの前に立ちふさがったのは、大剣を構えたモーだった。

「……邪魔するなっ！」

「おまえは――かなり強そうだったからなっ。戦えるのを楽しみにしていたんだっ」

マリウスは楽しそうに叫び、モーは歯噛みしながら大剣を振りぬく。

お互いの激しい打ち合い。ほぼ互角の剣戟を妨害しようとしたのが、フォーちゃんだったが……そちらに挑発を放つ。

……魔物ならば効くだろう。そう考えての『挑発』だったが……ちゃんと効いてくれたようで攻撃はこちらへ来る。

大盾で弾きながら、迫ってきた一撃を剣で捌く。

俺は魔気纏いを右腕に展開して、フォーちゃんの蔓をすべて捌ききる。

再びフォーちゃんが攻撃を行おうとしたが、僅かに間が生まれる。

それを見逃すつもりはない。

マリウスがモーを押さえてくれている間に、俺は全力で地面を蹴ってフォーちゃんへと迫る。

そして、『生命変換』の一撃を大盾へと移動させ、思いきり振りぬいた。

フォーちゃんの鱗へと当たり、爆発したかのような衝撃が生まれる。フォーちゃんは派手に吹き飛び、むくりと体を起こす。

……さすがに、気絶させるまではいかないか。

それでも、多少はダメージを受けたようでフォーちゃんはじっとこちらを睨み様子を窺っている。

視線を向けると、モーの大剣とマリウスの刀がぶつかり、お互いに弾き飛ばされていた。

「マリウス大丈夫か⁉」

「大丈夫、だっ」

……いや、大丈夫、ではなさそうだ。

マリウスも確かに強いが……さすがに今のモーと一対一でやれるほどではない。

「……一度、気絶させたほうが早いか」

そう言ったとき、周囲に魔力が溢れかえった。

莫大な闇の魔力だ。モーから放たれたその魔法を見て、マリウスが俺の背後へと回ってくる。

「ルード、どうにか守り切れないか？」

「……いや、さすがに――」

魔気纏いを全身に展開すれば、守り切ることは可能だ。

だが、そうした場合、俺はもう戦闘が続行不可能なくらいに疲弊することになる。

……まだ、モーを止める手立ても見つかっていない今、ここで魔気纏いを使用するのは無謀だ。

かといって、あのモーの一撃を受けてしまえば、その時点で敗北だ。

どうする……っ。

「吹き飛べ！」

モーの叫びが響き、魔法が放たれたときだった。

柔らかな魔力が俺たちの周りを包み、二つの白い壁が出現した。

その壁がモーの放った魔法を受け止め、ぎりぎりで相殺してくれた。

「まったく……見つけたと思ったらいきなりどんな状況よ！」

「な、なんとか防ぎきりましたね……ニン様」

疲れた様子で杖を持っていたニンと呼吸を乱しているルナの姿があった。

「……これで、こっちも四人が揃ったな」

「……なんで邪魔するのっ」

モーが苛立ったように叫んでいる。

剣を構え、今にも襲いかかってきそうな気配だった。

「モー！　もうやめろ！」

「……だったら、ルードが――」

「……だから、協力が必要であれば協力するから」

「嫌！　いつもずっとずっと一緒にいて守ってよ！」

「わがままを言わないでくれ！」

俺が大盾で吹き飛ばすと、モーはすぐに立ち上がる。

あまりダメージは通っていないようだ。

「……もう知らないから」

モーがそう言ったときだった。

彼女は近くで倒れていたフォーちゃんに手を当てる。

モーの体がうっすらと光ると、その体がフォーちゃんへと吸い込まれ——同時にフォーちゃんから凄まじい力が溢れ出した。

「な、なんだこの力は……」

一体何が起きたというのだ？　モーとフォーちゃんのほうを見ると、彼女の体から黒いオーラのようなものが立ち昇っている。

目に力が籠もっており、彼女たちから感じられる魔力がさらに増幅していた。

「……いよいよ、向こうも本気か」

「そうなるな。楽しくなってきたな」

「笑うな……」

マリウスが楽しそうにしていたが、それでも俺たちも一応パーティーは揃っている。

いつも魔王と戦っているときに比べると、人数は少ないが……この仲間たちとなら何とかなるという気持ちになる。

「ニンは俺の回復に専念してくれないか？　俺も前に出るから」

「わかったわ。ただまあ、同時に攻撃魔法を使うくらいはできるわよ」

「……そうか？」

「成長しているのはあんただけじゃないってことよ」

そう言いながら、ニンは俺とマリウスの肉体を強化するための支援魔法を展開する。

さらに彼女は周囲に風魔法を展開させ、いつでも放てるように準備している。

それはルナも同じだ。

俺はじっとモーへ視線を向け、剣と大盾を握りなおす。

「モー。悪いが、一度暴走を止めさせてもらうぞ」

俺の声に反応することなく、モーは俺のほうを見る。

その表情は……先ほどの怒りとは違った感情を浮かべているように見えた。

「……」

モーは何も言わず、ただ俺を見つめている。

「……行くぞっ！」

俺はモーに向かって駆け出す。

同時に、マリウスと俺でモーへと攻撃を繰り出していく。

モーは俺とマリウスの攻撃をかわしながら、大剣を振りぬいてくる。俺が『挑発』を発動し、正面から受け止めていく。

今のモーはやはり『挑発』が効くようだ。

十分に注意を集め終わったところで大盾を構え、防御に徹してモーの動きを観察していく。

致命傷にならない程度の攻撃はつねに喰らい、それによって『生命変換』の威力を上げていく。

「ガアアア！」

だが、同時にフォーちゃんの攻撃も来る。

俺は攻撃をかわし、剣と大盾で捌く。鋭い一撃に大盾が弾かれそうになる。受け止めた次の瞬間には、モーが迫っていて、一瞬たりとも休む暇がない。

「……っ！」

モーの剣を大盾で受け流し、反撃に剣を振るうが……そこにモーはいない。

「ガアアッ」

「させんぞ！」

フォーちゃんの蔓が迫るが、それをマリウスが刀で切り裂いた。

マリウスはその隙を狙い、フォーちゃんの腹へ蹴りを放つが……硬い体によって弾かれる。

「ちっ」

「ガア！」

フォーちゃんの振りぬいた尻尾をマリウスは飛んでかわす。隙だらけとなった背中に、ニンとルナの魔法がぶつかり、その体をよろめかせた。

その隙を見て、マリウスが刀を振りぬき、フォーちゃんの腕を斬りつけた。

攻撃は順調に通っている。

モーはすぐにマリウスへ向かおうとしたが、俺が間に割って入って止める。

「……っ！」

モーの顔が初めて歪んだ。

モーは苦戦しているようだった。

俺とマリウスは交互にモーへと攻撃を仕掛けていく。マリウスは隙を見つけては、フォーちゃんに攻撃をし、確実に削っていく。

モーも必死に回避しようとしているが、完全には避けきれずにダメージを受けている。

「くそっ」

モーは苛立ったように叫び、地面を踏みつける。

すると、モーの周囲が隆起し、俺とマリウスへ向かってくる。

俺は大盾を構え、その攻撃を防ぐ。

「はあああっ」

俺の後ろから飛び出したマリウスがフォーちゃんの片足を切り落とす。

バランスを崩したフォーちゃんだったが、すぐにその傷口が再生する。

「……なっ」

「ガアアッ」

そして、その大きな口を開けてマリウスを噛み砕こうとする。

「オレは美味しくないぞ!?」

マリウスは慌てて攻撃を手で押さえたが、こらえたのは一瞬だ。

まずい。すぐに俺は『生命変換』を発動した大盾で、フォーちゃんの体を横から殴り飛ばした。

「マリウスっ、大丈夫か!?」

「ああ、来るぞ！」

マリウスが立ち上がり、すぐに刀を拾ってモーの一撃を受け止める。

俺もすぐに体勢を直そうとしたが、フォーちゃんの蔓が足に絡みついていた。

「くそっ！」

引きはがそうとした次の瞬間、大地が揺れる。

同時に、数多の蔓が地面から現れ、この場全体を支配するかのように迫ってくる。

すぐに俺の体を縛り上げ、マリウスを、そしてニンとルナまでも拘束する。

「……」

モーはじっとこちらを見て、嬉しそうな笑みを浮かべている。

「モー！　俺たちを捕まえてどうするつもりなんだ……」

「皆、皆あーしの奴隷にすれば、それで言うこと聞くでしょ？」

モーは純粋な笑顔を浮かべ、それから右手に一つの首輪を作り出す。

「……そんなことをしたって、本来の力は出せないだろ？」

「それでもいーし。一緒の仲間がいれば、それだけでいいから」

モーは笑顔とともに俺のほうへと近づき、頬をゆっくりと撫でた。

ここまで、追い込まれていたのか。

一人でずっと抱え、これから先も何十年と一人で戦い続けなければならないかもしれない。

……だが――俺には、守らなければならないものがある。

「悪いが――それは無理だ」

そうはっきりと断ると同時、俺は魔気纏いを全身に発動した。

同時に、体を覆っていた蔓のすべてを斬り落とし、モーへと剣を振り下ろす。

モーはしかし、素早く反応してかわした。俺はすぐにマリウスたちの蔓を斬り飛ばし、フォーちゃんへと視線を向ける。

「ニン、ルナ、マリウス！　三人でフォーちゃんを止めてくれ！」

「わかったわっ！」

ニンがすぐに叫び、ルナたちも頷いた。

……三人が時間を稼いでくれている間に、俺がモーを止める。

「ルード！」

「……ッ」

迫ってきたモーの一撃を俺は大盾で受け止め、弾き返す。

地面を蹴りつけて迫ると、すぐにニンの支援魔法が俺の体を強化する。

加速した俺はモーの大剣をすべてかわし、剣を振りおろす。

だが、かわされる。モーは力強く大剣を振り下ろしてきて、俺はそれに大盾を合わせ、魔力を込めた。

「……っ!?」

モーの大剣が当たった瞬間、俺の大盾から魔力が溢れ出し、衝撃が生まれる。

モーは弾き飛ばされ、地面をごろごろと転がる。

以前、ジェネラルオーガが使っていた魔力を込めての衝撃を放つ一撃。

それと大盾を組み合わせた、カウンターのような技は上手く決まったようだ。

　だが、すぐにモーは体勢を立て直し、こちらに迫ってきた。だが、俺はその大剣をかわし、モーの両肩を掴む。

「モー。よく聞くんだ」

「……っ」

　モーが駄々をこねるように体を動かすが、俺は魔力でさらに肉体を強化し、動きを止める。

「俺たちは仲間だ。モーが困っているなら、助けに行くさ」

「……でもっ、ルードたちはここに残ってくれない！　もう一人は嫌……っ！」

「もちろん、ずっとは無理だ。でも……なるべく助ける。マニシアのことが片付いたら、次はモーの領について考える」

　暴れる彼女の肩を強く、掴む。

「一緒に、どうするか考えないか？　おまえはもう一人じゃないんだ」

「…………ルード」

　モーがゆっくりと俺の名前を呼び、その体から力が抜ける。

　見れば、フォーちゃんの体も小さくなっていっていた。

　ニンたちを狙うように動いていた蔓を含め、すべてゆっくりと消えていく。

「ルードは、笑っちゃうくらい強いじゃん。あーしの攻撃をすべて受けきって、反撃してきて……きっとその力強さで、今までも生きてこられたんでしょ」

「……」

「……でも、あーしはまた一人じゃん」

「あんたね。ルードだって色々――」

ニンが言おうとした言葉はわかった。だけど、俺はそれを制して、代わりに伝える。

「俺は別に強くない。……色々悩んで、大変なことがあって……それで、ここまで生きてきたんだ」

「……」

「……俺は強くなかったけど、たくさんのいい仲間たちがいた。だから、ここまで来られた」

「……」

「……だから、一人じゃないって。モー。もちろんずっと一緒にいることはできない。でも、困っていることがあれば力を貸すし、これからモーの問題も解決できるように考えていくつもりだ。アモンやリービーとか、他の魔王もいるんだし……何かできることもあるかもしれないだろ？」

「それは……そうかもだけど、でもそれがいつ解決するかわからないし……」

「そうだな。だから、それまではモーにも頑張ってもらう必要があるけど、でも、これからは俺も一緒に考える。だから、もう少しだけ頑張ってくれないか？」

「……スパルタじゃん」

「かも、な。でも、約束する。必ずどうにかしてみせるから」

俺がそう言うと、モーは少しだけ落ち着いたように息を吐いた。

それから、こくりと小さく頷いた。

「…………うん、頑張ってみる」

そう言ってモーはひとまず笑ってくれた。

エピローグ　しばしの平穏

モーが展開した迷宮の一部は消え、俺たちはネイス魔石鉱へと戻ってきた。

……それなりに疲労はしていたのだが、持っているアイテムを使いまくって体力を回復したため、特に大きな問題はなかった。

改めてブライトクリスタルを探そうとしたところ、俺の近くにはいくつかのブライトクリスタルが転がっていた。

さっきまでは、なかったよな？

試しに手を伸ばしてみると……掴(つか)むことができた。

「……どういうことだ？」

「あーしとの戦いを見て、主として認めた……とか？」

俺の足元に転がる二つのブライトクリスタルは、どちらも手に持つことができた。

……他のブライトクリスタルは駄目だが、この二つは持ち帰ることができそうだ。

それは俺だけではなく、ニンとルナもだった。

「オレは駄目か」

むすーっと頬を膨らましたマリウスに苦笑する。

……マリウスの場合、もしかしたら今マニシアに使用したものがあるからかもしれないよな？

でも、俺は今二つを手に入れることができた。

……どういうことだ？

その辺り、また戻ってみてから確認しよう。

「さて、あとは帰るだけだな」

「まあ、帰りは余裕っしょ。あーしも、パワーアップしてるわけだし」

モーは先ほど手に入れたブライトクリスタルを体から取り出して握りしめた。

俺の体にも同じようにブライトクリスタルが入り、僅かに体が軽くなった気がした。

気休め程度かもしれないが、このおかげでマニシアが助けられるんだよな。

もうネイス魔石鉱に用事はなくなったので、俺たちはそそくさとそこから脱出した。

無事外に出た俺たちは人目につかない場所に移動してから、モーと向かい合った。

「んじゃ、約束だかんね。ちゃんとあーしのことも考えてね」

「もちろんだ。モーに大変な思いはさせないからな」

彼女の目を見て真っすぐに答えると、モーはどこか恥ずかしそうに顔を逸らした。

それから、彼女の体から強い魔力が溢れ、俺の眼前に大きな歪みが現れる。

……魔界と人間界を繋ぐ門だ。

「今はかなり人間界に近いみたいだし、問題ないっしょ」

「そうなんだな」

確かに……以前アモンが造ったときよりもだいぶ安定している。

もう少し、待っていればアモンに無茶をさせなくても良かったかもしれないが、それではこうしてモーと出会うこともなかった。

そう考えると、結果的には良かったかもしれない。

「こっちこそ。わがまま聞いてもらって助かるし……うん、またね」

控えめに微笑みながら手を振ってきたモーに、俺たちは別れを告げてから門を潜り抜けた。

……門の先は、俺の自宅だ。

視線を向けると、ベッドで横になっているアモンとリービーの姿があった。

……アモンの近くに、モーが移動させてくれたようだ。

それに感謝しつつ、眼下のアモンへ視線を向ける。

「うぬ？　おお、ルード……っ。無事じゃったか！」

「……そっちこそ。色々迷惑かけて悪かったな」

「まったくじゃ。ほれ、リービーもぶっ倒れたままなんじゃからな」

「久しぶりね、ルード……あなたの妹の食事は美味(おい)しいわね」

……こっちは元気そうである。

そんな話をしていると、何やら別の部屋から慌ただしい様子でマニシアがやってきた。

「兄さん!?　戻ってこられたんですか!?」

「ああ、マニシア！　良かったまだ息があって……っ」

「そこまで重症ではありませんから……まったく、また無茶をしたみたいですね？　本当に兄さんは無鉄砲なんですから」

「いや、だけどちゃんとブライトクリスタルも持って帰ってきたんだ」

俺はそう言って、ブライトクリスタルを一つ取り出した。

「え？　本物なのそれ？　ちょっと私もあとで連れて行ってほしいんだけど……」

「わしもじゃ！　どこぞの人間に強奪されたからのっ」

アモンとリービーがこちらを見て叫んでくる。

その話はまたあとにして、今はマニシアの体が先だ。

……頼む、ブライトクリスタル。

マニシアの体を、病に打ち勝てる体にしてやってくれっ。

そう願いを込めると、ブライトクリスタルは僅(わず)かに光を放ち、そして……マニシアの体を柔らかな光が包んでいく。

「……兄さん」

「マニシア、大丈夫か？」

「……体、どんどん楽になっていきます」

マニシアが嬉(うれ)しそうな笑顔を浮かべる。

俺の手元にあったブライトクリスタルはやがて光を失い、消えた。

マニシアの表情も明るい。

俺は彼女の体をぎゅっと抱きしめると、彼女も力強く抱きしめ返してくれた。

「マニシア、良かった……っ」

「兄さん……。ありがとうございます」

俺たちが喜びを噛(か)みしめ合っていると、ベッドに寝転がっていたアモンがゆっくりと体を起こした。

「今後はマニシアの魔法訓練を行っていくんじゃ。魔力を多く使う魔法を使えれば、今ほど悪化することはないはずじゃよ」

「……そうか」

マニシアに強力な魔法を使わせることに、まだ抵抗がないわけではないが、仕方ない。

ひとまず、マニシアの問題は解決したが、まだモーの件もある。

……まだまだ、すべてが無事片付いたわけではないが、それでも何とかなるんじゃないかという思いがあった。

きっと、ここにいる仲間たちとなら乗り越えられるはずだ。


〈『最強タンクの迷宮攻略 7』へつづく〉

この作品に対するご感想、ご意見をお寄せください。

●あて先●

〒101-0052 東京都千代田区神田小川町3−3
イマジカインフォス　ヒーロー文庫編集部

「木嶋隆太先生」係
「さんど先生」係

ヒーロー文庫

ヒーロー文庫

最強タンクの迷宮攻略 6

木嶋隆太

2024年1月10日 第1刷発行

発行者 廣島順二

発行所 株式会社イマジカインフォス
〒101-0052 東京都千代田区神田小川町 3-3
電話／03-6273-7850（編集）

発売元 株式会社主婦の友社
〒141-0021
東京都品川区上大崎 3-1-1 目黒セントラルスクエア
電話／049-259-1236（販売）

印刷所 大日本印刷株式会社

©Ryuta Kijima 2024 Printed in Japan
ISBN 978-4-07-456697-6

■本書の内容に関するお問い合わせは、イマジカインフォス ライトノベル事業部（電話 03-6273-7850）まで。■乱丁本、落丁本はおとりかえいたします。お買い求めの書店か、主婦の友社（電話 049-259-1236）にご連絡ください。■イマジカインフォスが発行する書籍・ムックのご注文は、お近くの書店か主婦の友社コールセンター（電話 0120-916-892）まで。※お問い合わせ受付時間 月～金（祝日を除く） 10:00 ～ 16:00
イマジカインフォスホームページ http://www.st-infos.co.jp/
主婦の友社ホームページ https://shufunotomo.co.jp/

Ⓡ〈日本複製権センター委託出版物〉
本書を無断で複写複製（電子化を含む）することは、著作権法上の例外を除き、禁じられています。本書をコピーされる場合は、事前に公益社団法人日本複製権センター（JRRC）の許諾を受けてください。また本書を代行業者等の第三者に依頼してスキャンやデジタル化することは、たとえ個人や家庭内での利用であっても一切認められておりません。
JRRC〈 https://jrrc.or.jp eメール：jrrc_info@jrrc.or.jp 電話：03-6809-1281 〉